Es ist der Sommer, den sie nie vergessen werden. In ihren Ferien arbeiten zwei 15-jährige Schülerinnen auf einer Vogelstation direkt am Meer. Bei flirrender Hitze streifen sie über die Insel und lauschen den Trillergesängen der Austernfischer, sie trinken eisgekühlte Limonade, zählen Silbermöwen am Himmel und führen Kurgäste durch das schillernde Watt. Doch dann holt eine Realität sie ein, mit der sie nicht gerechnet hatten. Denn was geschieht, wenn man sich mitten in der Lebenslüge eines anderen Menschen befindet?

Mit leuchtender Erzählkraft entführt Christiane Neudecker ihre Leser an die stürmische Nordsee, hinein in die Turbulenzen des Erwachsenwerdens – und in die Magie des Sommers von 1989.

»Diese Novelle ist eine Feier der Jugend - und des Sommers!«
annabelle

CHRISTIANE NEUDECKER, geb. 1974, studierte Theaterregie an der »Hochschule für Schauspielkunst Ernst Busch« und lebt als freie Schriftstellerin, Librettistin und Regisseurin in Berlin. 2005 erschien ihr begeistert aufgenommenes Erzähldebüt »In der Stille ein Klang«. Sie wurde für ihr Schreiben mit zahlreichen Literaturpreisen ausgezeichnet. »Sommernovelle« war SPIEGEL-Bestseller und »NDR Buch des Monats«.

CHRISTIANE NEUDECKER BEI BTB
Nirgendwo sonst 74093
Das siamesische Klavier 74331

Christiane Neudecker

Sommernovelle

btb

Die Originalausgabe erschien 2015
im Luchterhand Literaturverlag, München.

Der Verlag weist ausdrücklich darauf hin, dass im Text
enthaltene externe Links vom Verlag nur bis zum Zeitpunkt
der Buchveröffentlichung eingesehen werden konnten.
Auf spätere Veränderungen hat der Verlag keinerlei Einfluss.
Eine Haftung des Verlags ist daher ausgeschlossen.

Verlagsgruppe Random House FSC® N001967

1. Auflage
Genehmigte Taschenbuchausgabe Juni 2017
btb Verlag in der Verlagsgruppe Random House GmbH,
Neumarkter Str. 28, 81673 München
Copyright © 2015 Luchterhand Literaturverlag, München
Umschlaggestaltung: semper smile, München, nach einem Entwurf
von buxdesign, München, unter Verwendung der Motive
© plainpicture/Tanja Luther (Düne/Meer) und
© Ippei Naio/Getty Images (Möwen)
Druck und Einband: GGP Media GmbH, Pößneck
Klü · Herstellung: sc
Printed in Germany
ISBN 978-3-442-71521-3

www.btb-verlag.de
www.facebook.com/btbverlag
Besuchen Sie auch unseren LiteraturBlog www.transatlantik.de

Meiner Mutter,
der Wunderbaren.
Danke.

Das Meer, das Meer

Es gibt diese Sommer nur in der Kindheit oder in der Jugend. Oder im Übergang vom einen zum anderen. Ich habe nie wieder so etwas erlebt. Dabei war jener Sommer eher ein Frühling. Und er dauerte nur zwei Wochen lang.

Die Hitzewelle muss schon vor Pfingsten begonnen haben. Die Luft war durchzogen von Salzdunst und vom Duft aufspringender Dünenrosen, sie vibrierte unter dem Summen der Bienen, dem Knistern im Sand verdorrender Schalentiere. Auf den Salzwiesen wucherte der Strandflieder und von den aufgeheizten Feldern quollen die grellgelben Rispen des Labkrauts, das wir für Raps hielten, bis auf die Bohlenwege hinauf. An manchen Tagen hob der sommerwarme Wind von den Dünen ganze Schleier aus Flugsand ab, die sich bei den Wattführungen um unsere nackten Knöchel schlängelten. Wenn wir inmitten der Sandverwirbelungen stehen blieben, sahen wir ein Flimmern über der Ebene und die in der Ferne vorüberziehenden Schiffe zerflirrten vor unseren Augen zu Luftspiegelungen. Wir stellten uns so die Wüste vor. Wir suchten, das versicherten wir uns gegenseitig, Kamele am Horizont.

Die Vogelstation lag an der Nordspitze der Insel. Das Haus sah von jeder Seite anders aus. Wenn man westlich über den Deich kam, duckte es sich in die Böschung hinein. Es schien dann kleiner zu sein als es wirklich war, ein störrisches, niedriges Gebäude mit Ausbuchtungen und verschachtelten Anbauten. Die Inselbewohner sagten, es sei viel zu dicht am Wasser gebaut. Schon damals hatte die Insel begonnen, im Meer zu versinken. Immer wieder brachen an der offenen Seeseite ganze Erdschollen aus den Klippen heraus und stürzten in die Brandung. Abrutschende Gärten mussten mit Pfählen gestützt werden, das Rote Kliff durften wir nicht betreten. Aber die Deichseite der Insel hielt. Eine Springtide habe es zwar schon oft gegeben, erzählte uns der Professor, mehrere Sturmfluten, einen Dammbruch sogar, doch die Station habe immer standgehalten. Wir nickten und stellten uns vor, wie das aufgepeitschte Meer durch den berstenden Deich gerollt sein musste. Lotte malte, wenn wir frei hatten, Bilder davon. Das Haus lugte darauf aus den Wellen heraus, es blickte mürrisch und hielt die Fensterläden missmutig verklappt. Leere Vogelreusen tanzten auf Schaumkämmen, die befreiten Vögel stachen hoch hinauf in den zerfurchten Himmel. Ich saß neben Lotte im sonnenbeschienenen Gras, ich aß Äpfel, die ich bis auf den Stiel abnagte, ich kaute Gehäuse und Butzen, schluckte Kerne und betrachtete Lotte und beneidete sie. Ich selbst konnte nicht malen. Ich beobachtete, wie ihre Hände das Papier glatt strichen, wie sie den Stift zu klaren Linien ansetzte, wie sie mit wenigen Umrissen dem Gebäude seinen Charakter gab. Zu Hause saßen wir in Kunst nicht nebeneinander. Dass sie zeichnen konnte, wusste ich trotzdem. Immer wieder hielt die Kunsterzieherin ihre Bilder in die Höhe. Lotte habe, erklärte die Lehrerin der Klasse, einen Blick für die Dinge. Und das stimmte. Es war der beste Winkel, von dem aus man sich der Vogelstation nähern konnte.

Als wir anreisten, kamen wir über die Hafenstraße. Wir sahen zuerst den riesigen Parkplatz, an dessen Rand die gelbe Telefonzelle stand, von der aus wir, mit unzähligen Zehn-Pfennig-Münzen ausgestattet, alle zwei Tage unsere Eltern anrufen würden, immer im Wechsel, weil sie sich untereinander verständigen würden, dass es uns gutging. Wahrscheinlich sahen wir auch die Bretterverschläge mit den fettverschmierten Stehtischen davor. Die verbeulten Mülltonnen, an denen sich zerrupfte Krähen mit Möwen um Fischabfälle zankten. Die Wand aus ausrangierten, übereinander getürmten Bojen und Gummireifen, weit hinten am Hafenrand. Und hoch aufragend, mitten auf der weiten Asphaltfläche: den Kran, von dem aus sich ab Pfingstsonntag die Bungeespringer in die Tiefe fallen lassen würden. Das Haus entdeckten wir, als wir aus Sebalds Auto stiegen, nicht sofort. Dabei war es nicht zu übersehen.

Unsere Anreise dauerte lang. Es war ein später Donnerstagabend, an dem uns unsere Mütter in Süddeutschland zum Nachtzug brachten. Wir hätten müde sein müssen, aber wir waren es nicht. Allein schon die Tatsache, dass wir für den letzten Freitag vor den Ferien von der Schule befreit waren, hielt uns wach. Wir liefen hin und her, wir beugten uns am Bahnsteigrand vor und zurück, spähten den sich kreuzenden Linien der Schienen nach. Wir sehnten das Aufleuchten der kreisrunden Lokscheinwerfer in der Dunkelheit herbei, wir lachten, gestikulierten, sprachen durcheinander. Auch Lottes Mutter konnte nicht aufhören zu reden. Immer wieder fragte sie uns, ob wir alles hätten, ob wir uns freuten. Immer wieder griff sie nach der herumtänzelnden Lotte, fuhr ihr mit der freien Hand durch die braunen Locken. Nur meine Mutter stand still und aufrecht zwischen uns, die Zigarette zitterte in ihrer schmalen Hand. Das Lächeln, um das sie sich so bemühte, glitt aus ihrem erschöpften Gesicht. Sie sprach mich nicht an, bis der Zug einfuhr. Erst als ich meinen blauen Rucksack durch die enge Tür hob, sagte sie leise: »Vielleicht solltest du nicht fahren. Nicht jetzt.« Ich stockte kurz. Dann tat ich, als hätte ich sie nicht gehört, und stieg ein.

Dass die Kühe schwarz-weiß werden würden, je nördlicher wir kämen, flüsterte ich Lotte zu, als wir schließlich in unsere Schlafsäcke gehüllt nebeneinanderlagen und zu den Umrissen der am Fenster vorüberwischenden Baumkronen hinaufsahen. Wir hatten ein Abteil für uns alleine gefunden, hatten unsere Taschen und Rucksäcke verstaut, die orangefarbenen Sitze zu einer durchgehenden Fläche ausgezogen und die Vorhänge zum Gang mit Sicherheitsnadeln ineinander verhakt. Meine schwarzen Stiefel hatte ich neben mich gelegt und mit den Schnürsenkeln an meinem Handgelenk festgebunden. Es waren echte Docs, auf die ich das ganze letzte Jahr lang gespart hatte. Meine Mutter fand sie furchtbar klobig und unmädchenhaft, aber ich war noch nie auf etwas, das mir gehörte, so stolz gewesen. Ich liebte das grobe Profil und die geriffelten Abdrücke, die ich im Winter damit im Schnee hinterlassen konnte. Und wenn ich irgendwo saß und nachdachte, konnte ich stundenlang die einzelnen Stiche der gelben Naht betrachten. Nur manchmal war ich mir nicht sicher, ob ich statt der Achtloch- lieber die Zehnloch-Variante hätte wählen sollen, aber ich wollte nicht versehentlich mit einem Skinhead verwechselt werden.

Eine Kuh-Verwandlung sei das, fuhr ich fort und versuchte mich schläfrig an den lateinischen Begriff zu erinnern, eine amtliche Meta-, Metamordings. Immer mehr schwarzweiße Kühe jedenfalls, erklärte ich gähnend und tastete mit den Fingern nach dem beruhigend glatten Leder meiner Schuhe, würden jetzt da draußen auftauchen und sich unter die Braunkühe mischen – bis schließlich, ganz oben an der Küste, ein kompletter Farbwechsel vollzogen sei.

Ich sah mich als Expertin. Einen Osten gab es damals für uns nicht, er tauchte auf unserer inneren Landkarte kaum auf. Aber der Norden! Das salzige Meer, die Wanderdünen, die Robben auf den Sandbänken: Dort wollten wir hin. Lotte war in den Schulferien mit ihren Eltern meistens nach Italien gereist. Mit ihrem blauen VW-Bus waren sie über den Brenner an den Gardasee gefahren, in die Toskana, oder zu den hoch aufragenden Hotelburgen an den Adria-Stränden von Rimini, von Riccione. Aber ich war wegen meiner wiederkehrenden Mandelentzündungen schon öfter zur Kur an der Nordsee gewesen. Ganze Sommerurlaube hatte ich in Kinderkurheimen auf Föhr, auf Amrum, in St. Peter-Ording verbracht. Ich hatte, fand ich, Wissen über den Norden.

Dass sich die Felder und Hügel verflachen würden, bis wir in Hamburg wären.

Dass in der Aussprache das »scht« zu einem »s-t« werden würde: S-tein. Sees-tern. Mückens-tich.

Dass man dort in den Bäckereien überall Zwiebelbrötchen kaufen könnte, die es bei unserem alteingesessenen Bäcker in der Vorstadt nicht gab.

Und niemand, niemand grüßte dort Gott.

Lotte murmelte etwas und ich schloss die Augen. In meinem Rücken spürte ich die Bodenschwellen der Strecke, über mir hörte ich das Quietschen des in der Verankerung herumschwingenden Gepäcknetzes. Wir hatten die schwere Sporttasche mit den Esssachen dort hineingestemmt. Der Professor hatte uns wissen lassen, dass wir uns selbst würden verpflegen müssen. Und die Insel, besonders diese Insel, das wussten wir, war teuer. Nudeln und Reis hatten wir deswegen eingepackt, Pfefferminztee, Tuben mit Tomatenmark und Miraculi-Gewürzen, Marmelade, Multivitamintabletten, die wir in Leitungswasser werfen wollten, damit es ein wenig wie Limonade schmeckte, und sogar einen Blumenkohlkopf aus dem Garten von Lottes Oma. Ich drehte mich zur Seite. Draußen im Gang öffnete jemand eines der Schiebefenster und der Fahrtwind schlug gegen unsere Tür. Das Sitzpolster unter meinem Kopf roch nach kaltem Rauch. Ich atmete ein und dachte an meine Mutter, die jetzt schweigend und rauchend mit meinem Vater am Wohnzimmertisch sitzen würde, an die neue Stille daheim.

An die Vögel dachte ich noch nicht.

Sebald und Hiller standen an der steinernen Mole, um uns abzuholen. Lotte sah sie zuerst. Sie lehnte über der Reling, direkt unter der knatternden nordfriesischen Fahne mit dem Wappen aus halbiertem Adler, Königskrone und, wie wir fanden, Suppentopf. Ihren Oberkörper hielt Lotte so weit vorgebeugt, dem Meer entgegen, dass ich die ganze Fahrt über Angst hatte, sie könnte kopfüber in die Schaumkronen stürzen, die von hier oben aussahen wie poröse, ausei-

nanderkrümelnde Eisschollen. »Das müssen sie sein«, rief sie
mir zu, ließ das Geländer los und riss winkend beide Arme
in die Höhe.

Ich trat rasch aus dem Schatten des Schiffsschlots neben
sie, hakte eine Hand in den Bund ihres bunten Sommer-
rocks und zog sie ein wenig zurück. Der schnelle Lichtwech-
sel machte mich schwindlig, die Sonne blendete mich. Ich
sah nur noch fluoreszierende, vom Meer abspringende Re-
flexe, eine zerfaserte Ufersilhouette, Schemen von Menschen,
eine Insel aus Flirrkörpern. Mit einem Zipfel meines schwarz
gefärbten T-Shirts wischte ich mir über das Gesicht und be-
schirmte mit der freien Hand meine Augen.

Sie waren die einzigen älteren Herren an der Anlegestelle.
Sie standen ein wenig voneinander entfernt, aber selbst von
hier oben aus wirkten sie, als würden sie zueinander gehören.
Dass sie im Zweiten Weltkrieg gemeinsam an der Front gewesen waren, erfuhren wir später. Melanie erzählte uns das.
Und dass sie darüber nie sprachen. Melanie war es auch, die
sie »die Siams« nannte. Sie seien, sagte sie, so zwillingshaft
miteinander verwachsen, dass in ihren Pässen eigentlich nur
ein einziger Name eingetragen sein dürfte: Sebaldundhiller.

Sebald trug trotz der Wärme einen dicken Wollpullover, er
hatte seine Flanellhose in die grünen Gummistiefel gestopft
und stand breitbeinig und unbewegt. Hiller wirkte immer
schmächtig neben ihm, ein hoch aufgeschossener, ungelen-
ker Mann mit dichtem, dunklem Haar, grauem Vollbart und
buschigen Augenbrauen. Von hier oben sah sein Gesicht fast
zugewachsen aus, beinahe wie … »Ein Fellball«, lachte Lotte.
Und ohne uns abzusprechen, ohne uns anzusehen, begannen

wir beide mit dem Fiepgesang des haarigen Onkels aus der Addams Family.

Das Anlegemanöver warteten wir im Fährbauch ab. Wir standen am Rand und beobachteten die Autos und ihre Insassen, wir starrten die blank polierten Cabrios an, die wir noch nie gesehen hatten. Die Damen mit ihren Seidenschals, mit den riesigen Sonnenbrillen und den funkelnden, strassbesetzten Armreifen an den gebräunten Handgelenken. »Umweltverschmutzer«, murmelten wir. Dann gab es einen Ruck, das Schiffshorn dröhnte, der Schlot spuckte Dampf und wir traten hinaus auf die Rampe.

Dass der Professor in der ersten Woche nicht auf der Vogelstation sein würde, hatte Hiller meinem Vater ein paar Tage vor unserer Abfahrt am Telefon erklärt. Der Professor habe Verpflichtungen auf dem Festland. Und dass stattdessen Sebald und er uns abholen kommen und uns gemeinsam mit den anderen in unsere Aufgaben einweisen würden. Eine erfahrene Truppe sei da derzeit auf der Station versammelt, betonte Hiller, alles keine Anfänger, alles umgängliche Menschen, unsere Eltern müssten sich da keine Gedanken machen.

Aber alle machten sich Gedanken. Wir waren zu jung. Der Professor hatte uns das auf unsere Bewerbung hin selbst geschrieben: zu jung, viel zu jung. Unter achtzehn Jahren nähme er keine ehrenamtlichen Helfer an, das käme gar nicht in Frage, keinesfalls, auch mit Einwilligung der Eltern nicht. Außerdem sei die Zeit viel zu kurz, zweieinhalb Wochen nur, das brächte ihm doch gar nichts, man stelle sich das mal vor: Kaum könnten wir alles, wären wir schon wieder weg. Nein also, nein danke – wir dürften uns dann aber, wenn wir wollten, in drei Jahren wieder bei ihm melden.

Wir waren enttäuscht. *Vogelfreunde gesucht*, hatte in der Anzeige des Naturschutzbund-Magazins gestanden, *freiwillige ornithologische Arbeit direkt am Meer*. Lotte und ich hatten uns alles genau ausgemalt. Wie wir auf dem Deich stehen würden, sturmumtost, unsere Körper der aufspritzenden Gischt entgegengereckt, während wir stolz und unbeirrt die am Himmel herumsausenden Vögel zählten. Lotte hatte sich besonders auf die Wattführungen gefreut, die als Arbeitsfeld aufgelistet waren. Sie sah uns über den gerippten Wattboden spazieren und professionell hierhin und dorthin deuten, während wissbegierige Urlauber ehrfürchtig an unseren Lippen hingen. Und ich träumte heimlich davon, eine kleine verletzte Schnee-Eule zu finden, die ich pflegen würde, so innig, so aufopferungsvoll, dass sie bei der Rückfahrt meinem Zug und mir bis nach Süddeutschland hinterherfliegen würde. Die Absage traf uns. Wir hatten damit nicht gerechnet, wir waren nicht gewohnt, dass man uns ablehnte. Als der Professor im April bei Lottes Eltern anrief und ihnen überraschend mitteilte, dass er über die Pfingstferien nun doch zwei Plätze für uns frei hätte, jubelten wir, die Eltern seufzten und Lottes Oma holte Marmeladegläser für unseren Proviant aus dem Keller. Nach dem Grund für seinen Sinneswandel fragte den Professor keiner von uns.

Sebalds eckiger silberfarbener Wagen parkte vor einem Blumenladen. Ich weiß noch, dass ich ein wenig verblüfft war, dass ich mich fragte, ob sich der Verkauf von Schnitt-

blumen hier wirklich lohnte. Wie viele Geburtstage, Hoch-
zeiten, Begräbnisse konnte es, dachte ich, auf so einer Insel
schon geben?

»Wir hätten auch den Bus nehmen können«, sagte Lotte,
die ihren Rucksack von den Schultern in den Kofferraum
rutschen ließ. Und Sebald, der mit gebeugtem Rücken einen
Benzinkanister zur Seite schob und unser Gepäck tiefer in
den Stauraum drückte, brummte: »Das haben wir doch gern
gemacht.« Lotte sah mich auffordernd von der Seite an, sie
wollte noch etwas hinzufügen, aber ich schüttelte leicht den
Kopf und kniff sie, als sie trotzdem Luft holte, in den Oberarm. Ich wusste, was sie sagen wollte.

Zu Hause waren wir stolz darauf, überall nur mit dem
Fahrrad hinzufahren. Dass meine Eltern gleich zwei Autos be-
saßen, einen kleinen roten Käfer und einen weißen Audi 100,
war mir peinlich. Wir waren gegen Autos. Immer wieder be-
schworen wir die Erwachsenen, Fahrgemeinschaften zu grün-
den, öffentliche Verkehrsmittel zu benutzen, wenigstens
bleifrei zu tanken. Wir wussten von den Abgasen, dem Koh-
lendioxid, dem Treibhauseffekt. »Saurer Regen«, sagten wir
kennerhaft, wenn wir bei einem Gewitter gerade mit unseren
Eltern auf der Autobahn, den Schnellwegen, den Landstraßen
unterwegs waren und dicke Regentropfen auf die Autodächer
prasselten. Erst vor kurzem hatten wir mit klingelnden Fahrrädern vor dem Rathaus für autofreie Sonntage demonstriert.
Den Mercedesstern, den ich nach dem Osterfeuer in einer
schlecht beleuchteten Nebenstraße des Villenviertels abgebrochen hatte, hielt ich zwar daheim in meiner Strumpfschub-
lade versteckt, aber ich wollte bald mutig genug sein, um ihn

mir an einem Lederbändchen um den Hals zu hängen. Trotz-dem wäre es mir unangenehm gewesen, Sebald und Hiller zu maßregeln. Ich war froh, dass sie uns abholten.

Hiller stand etwas abseits. Er war noch größer als er von der Fähre aus gewirkt hatte. Er hielt seinen Kopf ein wenig geneigt und beobachtete uns. Er musste den Oberarm-Kniff gesehen haben, er sah belustigt aus. Mit einer formvollende-ten Geste öffnete er die Tür zum Rücksitz und deutete eine Verbeugung in meine Richtung an. Ich spürte, wie mir das Blut ins Gesicht schoss, und stieg schnell ein.

Die Heide leuchtete. Wir folgten der Hauptstraße, die die Insel von Süden nach Norden wie ein sauberer Skalpell-schnitt durchzog. Kaum hatten wir den Ort verlassen, fuh-ren wir durch einen Wald aus windverkrümmten Kiefern. Durch das Geäst hindurch konnten wir die sonnengetränkte Flur sehen, die weitgezogenen Marschfelder, auf denen Kuckuckslichtnelken blinkten. Dann tauchten wir aus den Baumschatten heraus. Alles war offen und weit. Rechts von uns streckte sich die Ebene bis zum Meeresrand, das Glitzern der auslaufenden Wellen fing sich im wolkigen hellen Fell der Moorschnucken, die auf der Sumpfwiesenfläche grasten. Links hoben und senkten sich die Dünen. Verwehungen und Sandhügel flossen ineinander, sie formten Landschaften oder Welten, ihre Täler von Sonnentau besprenkelt. Lotte seufzte auf und ich lächelte ihr zu.

Als wir ankamen, machte das Haus sich unsichtbar. Es gibt diese Gebäude. Sie ziehen sich eine Tarnkappe über, sie ducken sich weg. Sie sind Chamäleons, diese Häuser, sie blenden sich, wenn sie gerade Lust dazu haben, in den Hintergrund ein. Mit ihrer Größe hat das nichts zu tun, eher mit ihrer Eigenwilligkeit. Manchmal muss man blicklos durch ihre Türen treten, im Vertrauen darauf, dass sie tatsächlich da sind.

Wir standen auf dem Parkplatz. Ich atmete tief den Algengeruch des Brackwassers am Hafen ein, das Salz in der Luft, und sah mich suchend um. »Wo ist es denn?«, fragte ich Hiller. Meine Stimme war zu leise. Das ärgerte mich. Ich hielt mich nicht für schüchtern, nicht mehr. Für unsere Schülerzeitung hatte ich schon echte Stadträte interviewt, den Leiter des örtlichen Schlachthofs, einen alternden englischen Rocksänger, den es der Liebe wegen in unsere Kleinstadt verschlagen hatte. Außerdem trug ich meine Docs. Aber etwas an dem großen, dicht behaarten Mann flößte mir Respekt ein. Hiller antwortete nicht gleich. Aus seiner Jackentasche zog er eine Pfeife. Mit dem Stopfer drückte er das Tabakkraut in den Pfeifenkopf, in ruhigen, konzentrierten Bewegungen. Dann hob er den Blick und zwinkerte mir zu: »Es wird euch schon finden.«

Der Eingang war schmal. Fünf niedrige Stufen, die zu einer überdachten Tür aus Gussglas führten. Ein abgebrochener Knauf. Neben dem Türscharnier verlief ein rostiges Regenrohr, das sich durch gesprungene Bodenplatten in die Erde senkte. Eine nackte, spinnwebenverhangene Glühbirne schien direkt ins Mauerwerk geschraubt. Sie wurde, wie wir später erfuhren, von einem Bewegungsmelder gesteuert und nachts meistens von Mardern und Waschbären ausgelöst. Der Klingelknopf war neben der Tür in eine Messingplatte eingelassen. Ein Name war darin eingraviert, in verschnörkelter Schrift, Prof. Dr. Hansjörg Kupfer. Direkt daneben hing ein laminiertes, leicht schief angebrachtes Schild: *Führungen beginnen im Garten, täglich 9 und 15 Uhr.* Tatsächlich wurde diese Eingangstür fast nie geöffnet. Vormittags und nachmittags sammelten sich die Teilnehmer der Watt- und Vogelführungen entlang der Heckenrosensträucher am Gartentor. Und auch wir betraten in den folgenden Tagen das Haus, indem wir durch den Garten liefen, vorbei an dem kleinen Birnbaum, hinauf auf die Terrasse und durch die immer weit geöffnete Tür des Ausstellungsraums. Den vorderen Eingang benutzten wir nur an diesem ersten Tag – und einmal noch: als wir zu früh abreisten. Da war mir dann wichtig, dass wir wieder über die Stufen gingen, über die wir angekommen waren. Ich brauchte diese Umkehrbewegung, ich bestand darauf. Als wäre es mir nur so möglich, das Haus auch wirklich wieder zu verlassen.

Im Inneren roch es bei unserer Ankunft nach frisch geschmorten Zwiebeln. Melanie winkte uns aus der Küche. Sie stand barfuß, in kurzen Shorts und im geringelten Trägerhemdchen, vor einem brodelnden Topf. Das Spültuch hatte sie sich über die nackte Schulter geworfen, ihre blonden Haare waren am Hinterkopf zu einem Knoten zusammengezurrt. Eine Schweißperle lief über ihr erhitztes Gesicht, während sie eine Handvoll Kräuter in den Topf warf. »Tach! Melanie!«, rief sie, ohne sich vom Herd zu lösen. »Ich mach Suppe. Oder sowas. Seht euch ruhig um.« Sebald zog die Küchentür zu und murmelte: »Studentin.«

Das Haus hatte etwas Ungeordnetes. Zimmer und Treppen schienen durcheinandergeraten, fast alle Räume waren auf unterschiedlichen Ebenen. Halbhohe Stufen führten auf und ab, der Flur war abschüssig. Von außen hatten wir gesehen, dass es einen ersten Stock gab, aber dorthin schien im Hausinneren kein Aufgang zu existieren. Der Keller balancierte unentschlossen zwischen den Geschossen herum, einige seiner Fenster ragten halb oder viertel verdeckt aus dem Erdboden hervor, er sträubte sich, so schien es, gegen seine unterirdische Verbannung. Das Zimmer, das Hiller für uns öffnete, lag fast ebenerdig. Es war so klein, dass gerade zwei hölzerne, winkelförmig angeordnete Stockbetten darin Platz hatten. Die oberen Matratzen waren belegt, die eine mit zerknüllten Röcken und Blusen bedeckt, die andere mit einer glatt gestrichenen Leinendecke, ein Buch akkurat auf dem geblümten Kopfkissen platziert. Am gekippten Fenster hing ein tropfender neongelber Badeanzug. Lotte und ich brauchten uns nicht anzusehen. Ich wusste, dass Lotte das Gleiche dachte wie ich. Wir wollten alleine schlafen, ohne Erwachsene im Zimmer. Die ganze Zeit über hatten wir uns darauf gefreut, so lange reden, lesen, wach bleiben zu können, wie wir wollten. Wir hatten gar nicht daran gedacht, dass wir mit den weiblichen Mitarbeitern ein Zimmer teilen müssten. Wir waren davon ausgegangen, dass Erwachsene sich abgrenzen wollten, immer und überall. Wer teilte sich schon freiwillig ein Zimmer mit zwei fünfzehnjährigen Mädchen? Ich hatte nicht einmal die Taschenlampe mitgenommen, mit der ich daheim an Schultagen nachts heimlich unter der Bettdecke las. Unentschlossen schoben wir unsere Rucksäcke auf dem Boden herum. Ich hoffte, dass Lotte sich trauen würde, etwas zu sagen, aber sie blieb genauso stumm wie ich. »Wo sind denn die Vögel?«, fragte ich Sebald schließlich.

Es gab keine Vögel. Der flache Anbau, der wie ein Tunnel aus dem Hauptgebäude herauswuchs, war fast leer. Es roch nach Mulch und irgendetwas Süßlichem, das ich nicht kannte. »Chloroform«, flüsterte Lotte und sah sich mit großen Augen um. Verstaubte Holzkäfige stapelten sich an den Wänden, in einem ausfransenden Weidenkorb lagerten leere Futternäpfe und Wassertröge. Ein Teil des Raums war mit einem engmaschigen Drahtgitter abgetrennt und machte ihn zu einer Art Voliere. Auf einer hölzernen Arbeitsplatte lagen Pipetten, Zangen, kleine metallene Reifen, mit denen, wie uns Hiller erklärte, früher hier die Fundvögel beringt wurden. »Der Professor wollte das nicht mehr«, sagte Hiller. »Damals wuchs ihm die Arbeit über den Kopf: die Pflege, die Aufzucht, die Auswilderung. Der Professor ist kein Tierpfleger, er ist Forscher. Und wir haben ja genug Vögel vor der Tür.«

Wir waren enttäuscht, aber auch ein bisschen erleichtert. Ich hatte zwei Wellensittiche daheim, einen blauen und einen gelben. Schon wenn ich ihnen nur die Krallen schneiden musste, wurde ich unruhig. Der blaue hieß Bugsy und war sehr zutraulich, er sprang mir ganz von allein auf den ausgestreckten Zeigefinger. Ihn störte die Schere nicht weiter, er plapperte noch während der Prozedur vor sich hin. Aber Lutzi, der gelbe, war wild. Wenn ich ihn in unserem Wohnzimmer fliegen ließ, zog er panische, weit ausholende Kreise, er flatterte so dicht unter die Zimmerdecke, dass seine Flügelspitzen gegen den Putz stießen. Ihn einzufangen oder in der Hand zu halten, war immer ein Kampf. Ich hatte die kleinen Adern in den winzigen Krallen schon oft verletzt. Das Nachbluten ängstigte mich jedes Mal. Ich kauerte dann immer neben dem Käfig und sprach mit leiser Stimme auf den keuchenden, zitternden Sittich ein, bis wir uns irgendwann beide beruhigten.

»Aber wenn wir mal einen verletzten Vogel finden«, sagte ich und trat ans Fenster. Draußen hüpfte gerade eine Möwe über das Gras. Sie sah frech aus, von ihrem Scheitel stand ein kleiner, wippender Schopf ab. Den Schnabel hielt sie weit aufgerissen, sie schien zu schimpfen, aber hier drin war nichts zu hören. »Dann bringen wir ihn zur Südspitze«, antwortete Sebald. »Die haben da eine aktive Auffangstation.« Ich nickte. Und Lotte stupste mich in die Seite und sagte: »Hey, dann müssen wir wenigstens keine selbst gefangenen Insekten verfüttern.«

Das Abendessen fand im Ausstellungsraum statt. Er war das größte Zimmer im ganzen Haus, ein langer Schlauch, der sich über die ganze Längsseite des Gebäudes zog. Die schmalere Fensterfront öffnete sich zum Parkplatz hin. Direkt vor dem Sims war ein Tapeziertisch aufgebaut, der über und über mit Sand bedeckt war. Muscheln und verstaubte Seesterne lagen in den Sandmulden herum, Sepiaschalen, wie ich sie manchmal für meine Wellensittiche zum Schnabelwetzen kaufte, Schneckengehäuse, getrocknete Krebse, zusammengeknüllte Alufolie, die Plastikberingung eines Dosenbier-Sixpacks, die Lotte verwundert in die Hände nahm. Drei ausgestopfte Sturmmöwen standen im Raum verteilt und an den Wänden hingen auf Pappe gezogene Fotos von Vögeln. Sie alle waren im Flug fotografiert worden. *Austernfischer*, las ich auf den Beschriftungen, *Säbelschnäbler, Brandgans, Heringsmöwe.* Die Fotografien schienen alt zu sein, sie hatten einen bläulichen Stich. Ein Bild fiel mir besonders auf. Es war als einziges hinter Glas gerahmt und zeigte einen riesigen, braun marmorierten Vogel mit weit ausgebreiteten, dunklen Schwingen, der aussah, als würde er direkt auf die Linse der Kamera zustürzen. Die Augen des Vogels waren weit aufgerissen, seine zusammengeschnurrten Pupillen von einer giftgelben Iris umkreist. Sein ganzer Körper war auf sein Ziel ausgerichtet, die aufgefächerten, weißen Schwanzfedern deuteten wie Speerspitzen nach unten und auch der gelbe Schnabel stach steil abwärts. Er sah sehr, sehr wütend aus. *Seeadler (Scheinangriff)* stand darunter, *Sylt, 88.* »Hat der Professor letzten Sommer gemacht«, sagte jemand hinter mir. Ich drehte mich um. Ein junger Mann mit rotblondem, verstrubbelten Haar lächelte mich an. In seinen Wangen hatte er die tiefsten Grübchen, die ich je gesehen hatte. Seine Vorderzähne standen ein wenig schief, was ihn jung aussehen ließ, aber ich schätzte ihn mindestens fünf Jahre älter als mich, also alt. »Julian«, sagte er und gab mir die Hand. »Super, dass ihr eingesprungen seid.« Gerade wollte ich ihn fragen, was er damit meinte, da winkte Lotte vom Tapeziertisch. »Irgendein Depp hat hier seinen Müll liegen lassen«, sagte sie und hielt entrüstet die Plastikberingung in die Höhe. Julian lachte: »Das gehört so.« Und Melanie, die gerade den dampfenden Suppentopf durch die Tür bugsierte, die Griffe mit bunten Topflappen umklammert, sagte: »Erklären wir euch morgen.«

Die Suppe schmeckte furchtbar. Schon nach dem ersten Löffel breitete sich ein modriger Geschmack in meinem Mund aus, der mich an verstopfte Abflussrohre erinnerte, an gärende Komposthaufen, frisch geödelte Felder. Zu Hause hätte ich mich lauthals geweigert, diesen Sud zu essen. Erst in der letzten Woche hatte ich einen riesigen Streit mit meinen Eltern angefangen. Ich war davon überzeugt gewesen, dass der Rosenkohl, den meine Mutter aus der Tiefkühltruhe aufgetaut hatte, radioaktiv verseucht war. Nach meinen Berechnungen hatten Lebensmittelfirmen zur Erntezeit von Tschernobyl keine Einbußen erlitten, zumindest hatte ich nirgendwo darüber gelesen. Stattdessen schien es immer mehr Tiefkühlfirmen zu geben, die ihre Waren mit Lastwagen direkt bis zur Haustür chauffierten. Und just an diesem Mittag hatte ich den Zusammenhang herbeikombiniert. »Da ist doch was faul«, hatte ich gerufen, während meine Mutter meinem Vater ein Stück Leberkäse auf den Teller legte, »Wieso gab es keinen Nahrungsengpass nach Tschernobyl, wo ist es denn hin, das ganze radioaktive Gemüse!« Und als meine Eltern verdutzt schwiegen: »Eingefroren haben sie's! Dann haben sie ein bisschen gewartet und jetzt fahren sie es durch die Städte und schummeln es uns auf den Tisch!« »Dann kauf dir einen Geigerzähler«, hatte mein Vater vorgeschlagen und in aller Ruhe das Stück Fleischkäse auf seinem Teller angeschnitten. Über sein Schmunzeln war ich noch immer empört.

Vorsichtig sah ich mich um. Hiller und Sebald schien an der Suppe nichts weiter zu stören. In einem fast gleich geschalteten, ruhigen Rhythmus führten sie ihre Löffel zum

Mund. Hiller schlürfte ein bisschen, ein paar verkochte Kräuter hingen in seinem struppigen Bart. Auch Julian schien es zu schmecken, er zerriss gerade ein Brötchen und warf die Brocken in die stinkende Brühe. Und Melanie und Lotte aßen schweigend und konzentriert. Nur die ältere Frau am Kopfende, die ein paar Minuten, nachdem wir begonnen hatten, hereingekommen war, wirkte ein wenig verkniffen. Aber ich war mir nicht sicher, ob sie vielleicht immer so aussah.

Ich beschloss, es noch einmal zu versuchen. Meine Mutter hatte mir beigebracht, dass man übel riechende Medizin am besten herunterbekam, indem man sich beim Schlucken die Nase zuhielt. Unauffällig schob ich meine linke Hand an mein Gesicht heran und hielt mit dem kleinen Finger wenigstens ein Nasenloch zu. Aber das machte die Suppe auch nicht besser, ich fing beinahe an zu würgen. Eine andere Taktik musste her. Vielleicht, dachte ich, kam ich ums Essen herum, wenn ich redete. »Was studierst du denn?«, fragte ich also Melanie über den Tisch hinweg. »Kochen«, sagte sie. »Echt?«, platzte ich heraus. Alle lachten. Melanie schüttelte den Kopf. »Astrophysik«, sagte sie. »Sterbende Sterne. Kollidierende Galaxien. Weltall, so was. Kochen ist nicht mein Ding.« Julian klopfte ihr auf die Schulter: »Komm«, sagte er, »heute ist's doch gar nicht so schlimm. Ihr hättet letzte Woche mal hier sein sollen. Da hat sie uns Fisch mit Essigreiniger vorgesetzt.« »Essigessenz!«, rief Melanie. »Woher sollte ich denn wissen, dass man die nicht zum Kochen nimmt.«

Lotte und ich warfen uns einen verstohlenen Blick zu. Das hätte uns auch passieren können, wir hatten beide Mütter, die kochten. »Hiller und ich fahren einkaufen, alle anderen kochen abwechselnd«, sagte Sebald und goss sich und Hiller ein wenig Bier nach. »Ist das für euch in Ordnung?« »Kann eh nur besser werden«, grinste Melanie und schob ihren Teller von sich.

Ich war mir da nicht so sicher. Das, was ich am besten konnte und selbst auch am liebsten aß, waren Nudeln mit heißer Milch und Zucker. Oder Kartoffelbrei aus der Tüte. Mit Klümpchen.

Schuldbewusst beugte ich mich über meine Suppe und nahm Anlauf für einen weiteren Schluck. In mein Husten hinein hörte ich, wie Lotte sagte: »Klar, machen wir gern.« Und dann selbstsicher hinzufügte: »Wir haben sogar einen Blumenkohl dabei.«

Hühnergötter, Engelsflügel und ein Turm, ein Babelturm

Die erste Führung fand am nächsten Morgen statt. Es war windstill, ein wolkenloser Tag. Der Himmel war so klar, dass ich, wenn ich mich zurücklehnte und steil nach oben blickte, das Gefühl hatte, bis in die Stratosphäre zu sehen. Ich blinzelte in das blanke Blau und fragte mich, ob man wohl von Australien aus das Ozonloch mit bloßem Auge erkennen konnte. Und wie groß es schon war. Ich stellte es mir wie einen Riss vor, aus dem kaltes Licht strömt, eine Art Himmelshautriss. Vielleicht, dachte ich, konnte man ja an Tagen wie diesem auch von der deutschen Nordseeküste aus schon etwas sehen. Die UV-Strahlen zumindest kamen mir heute besonders hart vor, sie schienen die Konturen im Garten zu verschärfen. Alles wirkte scharfkantig, die Blätter der Heckenrosen spreizten ihre gezackten Ränder. Von der Terrasse aus konnte ich beobachten, wie Julian den Rasen sprengte. Er stand auf einer erhöhten Sandkuppe inmitten der Grasfläche und schwenkte den Schlauch in Schlangenlinien um sich herum. Wenn ich die Augen zusammenkniff, umschlossen ihn die Wassertropfen mit einem Schauer aus stürzenden Kristallen.

Ich hatte nicht gut geschlafen. Mitten in der Nacht war ich aufgewacht und hatte nicht gewusst, wo ich war. Die Dunkelheit um mich herum war dumpf und drückend gewesen. Als ich mich ruckartig aufgesetzt hatte, war ich mit

dem Kopf an den Lattenrost über mir gestoßen. Die gries-
grämige Frau, die Sebald uns als Fräulein Schmidt vorgestellt
hatte, lag dort oben. Beim Abendessen hatte sie kaum gesprochen, aber im Schlaf redete sie. Sie murmelte und brab-
belte herum und wälzte sich über mir hin und her, bis ich das
Gefühl bekam, ich läge auf einem schwankenden Schiff. Ich
presste meinen Kopf in das Kissen und versuchte, nicht zu
weinen. Ich vermisste mein Zimmer daheim. Ich vermisste
meinen orangefarbenen Stoffhund, den ich nicht eingepackt
hatte, weil ich gedacht hatte, dass Lotte ihr neues Marsupi-
lami bestimmt auch nicht mitnehmen würde. Ich vermisste
das Wissen, dass meine Mutter und mein Vater nebenan
schliefen. Sogar meinen Bruder vermisste ich. Auch wenn
ich das niemals zugegeben hätte.

Jetzt stand ich am Terrassenrand und kippelte mit den
dickwandigen Sohlen meiner Docs an der Steinkante auf
und ab. In meinen Händen hielt ich eine Tasse Kaffee. Sebald hatte sie mir angeboten. Abwesend hatte er am Früh-
stückstisch von seiner Zeitung aufgesehen und mir die Kaf-
feekanne hingeschoben. Ich hatte genickt, die Kanne zu mir
gezogen und versucht, meine Aufregung zu verbergen. Ich
hatte noch nie Kaffee getrunken. Alkohol schon, aber keinen
Kaffee. Meine Eltern waren dagegen. Dabei gehörte Kaffee
in unserer Familie zum Grundnahrungsmittel. Meine Tan-
ten und meine Oma tranken ihn sogar, wenn sie abends in
der Badewanne lagen. Das konnte ich nach einem ersten,
vorsichtigen Nippen nicht nachvollziehen. Ich war überrascht, wie bitter der Filterkaffee schmeckte, ganz anders als
es mich der würzige Geruch von frisch gemahlenen Bohnen

hatte vermuten lassen. Ich fand auch nicht, dass das Koffein mich besonders wach machte. Nur mein Atem roch plötzlich komisch.

Draußen vor dem Gartentor sammelten sich die ersten Besucher. Ein dicklicher älterer Herr klammerte sich an das Fernglas, das vor seinem Bauch herumbaumelte, zwei Kinder winkten mir mit bunten Plastikschaufeln. Auf dem Deich schob eine Frau im gepunkteten Ballonrock einen Kinderwagen hin und her, sie sah erschöpft aus.

»Vamos?«, fragte Melanie, die aus der Türöffnung des Ausstellungsraums herauskam. Ich nickte und stellte die Kaffeetasse auf den ausgeblichenen Plastiktisch vor der Hollywoodschaukel. »Vamos a la playa«, antwortete ich. Und Lotte, die hinter Melanie auf die Terrasse hüpfte, sang: »Oh-oho-ohoh.«

Der Sandhaufen, auf dem gerade noch Julian gestanden hatte, war Teil eines Miniatur-Inselquerschnitts. Das erklärte Melanie uns und der Gruppe von Besuchern, die sich im Garten um sie herum aufstellten. Sie klang sehr selbstsicher. Ich versuchte, mir ihre Begrüßungsformel zu merken, ihre Mimik und Gestik: »Herzlich willkommen in der Vogelstation von Professor Kupfer«, *verschmitztes Lächeln,* »ich freue mich, Ihnen heute die Fauna und Flora, vor allem aber«, *kleiner Kick mit der Hüfte, Fingerzeig auf eine vorübersegelnde Möwe,* »die Vögel unserer schönen Insel näherbringen zu können. Mein Name ist…«, *kurzer Augenaufschlag,* »Melanie.«

Ich fragte mich, ob sie Ballett gelernt hatte. Sie wies so elegant mit ihrem ausgestreckten Arm auf die einzelnen

Segmente der Aufschüttung. Die Blicke der Männer in der Gruppe hingen an ihren Bewegungen, an ihren glänzenden, mit Lipgloss überzogenen Lippen. Vom Vorstrand redete sie, vom periodisch überfluteten Salzrasen. Dass die Insel im Mittelalter durch Sturmfluten vom Festland abgetrennt worden sei. Die Begriffe purzelten, während wir Melanie um den Sandhügel herum folgten und die Männer immer näher an ihre braungebrannten, nackten Beine rückten, in meinem Kopf durcheinander: *Altmoränen, Geestkern, Pleistozän*. Ich ärgerte mich, weil ich nichts zum Schreiben dabeihatte. *Angelagertes Marschland*, notierte ich mir in Gedanken, *plötzlich auftretende Querströmungen, Holzpfahlbuhnen.* »Wie sollen wir uns das alles merken?«, flüsterte ich Lotte zu. Auch sie machte sich keine Notizen. Aber ich konnte sehen, dass sie Melanies Bewegungen genauso aufmerksam verfolgte wie ich. Dass sie, als Melanie die Tür zur ehemaligen Auffangstation öffnete, kurz stehen blieb, um den choreographierten Bogen nachzuahmen, mit dem Melanie ihren Rücken durchdrückte, ihren Oberkörper leicht eindrehte und dann die Besucher ins Innere winkte. »Gleich wieder da«, rief ich Lotte zu.

In unserem Zimmer zögerte ich. Ich hatte keinen Block mitgenommen, kein leeres Schulheft, nicht einmal Briefpapier. Nur mein Tagebuch, das unter meinem Kopfkissen lag. Meine Mutter hatte es mir im letzten Monat zum Geburtstag geschenkt. Es hatte einen Leinenumschlag mit eingesticktem Rosenmuster und ein kleines silbernes Schloss, dessen Schlüssel ich an einem geflochtenen Armbändchen ums linke Handgelenk trug. Die Seiten waren handgeschöpft und viel zu schade, um sie einfach auszureißen. Ich erwog, Julian zu suchen und ihn nach ein paar Blättern zu fragen, aber ich wusste nicht, wo er sein könnte. Sebald und Hiller waren gleich nach dem Frühstück aufgebrochen, um, wie sie sagten, am *Ellenbogen* Vögel zu zählen. Wo Fräulein Schmidt sich befand, wusste ich nicht. Sie war, als Lotte mich wach gerüttelt hatte, schon fort gewesen.

Ich zog das Tagebuch unter dem Kissen hervor und schlug es bei meinem letzten Eintrag auf. *Sie verstehen mich nicht*, stand ganz oben auf der Seite, *sobald ich achtzehn bin, ziehe ich aus*. Ich setzte mich auf das Bett, kramte einen Filzstift aus meinem Schlampermäppchen und schwärzte mit eiligen, runden Kringeln meine Schrift. Dann riss ich die Seite heraus und nahm sie mit.

Die Gruppe war inzwischen zum Ausstellungsraum vorgerückt. Ich schob mich neben Lotte und überlegte mir genau, welche Begriffe ich mitschrieb. *Deichkörper*, schrieb ich, *Deichkrone*. Ich mochte die Worte, ihren Klang. Was mir aber am meisten gefiel, waren die Geschichten, die Melanie erzählte. Dass die auf den Deichen herumtrampelnden Schafe die Grasnarbe verdichteten und so bei der Befestigung halfen. Dass der Strandhafer mit seinen langen Wurzeln die Dünen verankerte und sehr biegsam war, aber starb, sobald man ihn knickte. Dass die Müllabfälle für die Seevögel tödlich sein konnten, weil sie manchmal das Glänzen von herumschwimmender Alufolie mit schillernden Fischschuppen verwechselten.

Ich freute mich auf meine erste eigene Führung. Ich mochte Auftritte. Ich mochte es sogar, vor der Klasse zu stehen, auch wenn ich sonst am liebsten in der letzten Reihe saß. Seit Beginn des Schuljahres war ich deswegen Mitglied der Theatergruppe. Mein Deutschlehrer hatte mich hinge-schickt, nachdem ich mich bei meiner Abfrage von Goethes »Zauberlehrling« ganz besonders dramatisch vor dem her-beiphantasierten Wasserwallen auf das Lehrerpult gerettet hatte. Momentan probten wir »Mein Freund Bunbury« von Oscar Wilde, und die Leiterin der Theatergruppe war völlig entsetzt gewesen, als ich mir in den Winterferien die Haare zu einem Irokesenschnitt abrasiert hatte. Inzwischen waren die Seiten zwar schon zu einer verstrubbelten Kurzhaarfrisur nachgewachsen, die ich mir mit Henna rot färbte, mit einer Mischung aus Eigelb und Cognac wusch und manchmal mit verdünnter Zahnpasta wieder steil in die Luft hinauffrisierte. Aber für meine Rolle als gestrenge Lady Bracknell musste ich trotzdem Perücke und Pfauenfederhut tragen.

»Wer kann sich denken, warum das da hier rumliegt?«, fragte Melanie gerade und hielt die Plastikberingung des Dosenbier-Sixpacks in meine und Lottes Richtung. Alle Ge-sichter drehten sich uns zu.

Ich lächelte in die Runde. »Weil die Vögel …«, sagte ich und stockte. Ich hatte keine Ahnung. Ich witterte nur, dass die Antwort mit den Vögeln zusammenhängen musste.

»Weil die Vögel kleine Teile abhacken und sich verschlu-cken?«, schlug Lotte vor.

»Fast«, sagte Melanie. »Die Jungvögel spielen damit. Stül-pen sich die Ringe über den Kopf und bekommen sie dann nicht mehr ab. Wenn sie wachsen, werden ihre Hälse zu dick. Sie strangulieren sich oder verhungern.«

Die Besuchergruppe raunte auf. Ich warf einen vorwurfs-vollen Blick in Richtung des Dickleibigen. Er sah mir aus wie jemand, der eine ganze Müllspur von weggeworfenen Sixpack-Ringen hinter sich herzog. Künftig wollte ich, das nahm ich mir vor, immer eine Abfalltüte mitnehmen, wenn wir an den Strand gingen.

Zu Hause hatten wir im Herbst mit der Umwelt-AG ein kleines Wäldchen säubern müssen. Mit Handschuhen und Greifzangen hatten wir moosüberzogene Safttüten eingesam-melt, Kondome und poröse Plastikfetzen aus dem Gestrüpp gezogen, verrostete Dosen aus dem angrenzenden Weiher ge-fischt. Schon im Frühling lag dort wieder genauso viel Müll herum wie vorher. Aber davon durften wir uns nicht beirren lassen, das war mir klar. Aufgeben galt nicht. Aufgeben war feige.

Als wir auf den Deich traten, blendete mich einen Mo-ment lang das Watt. Der Himmel spiegelte sich in dem feuchten Film, den das zurückweichende Meer auf dem schlammigen Boden hinterließ, und die Priele reflektierten das Licht und zogen glimmende Goldadern. Melanie ließ sich davon nicht ablenken.

Zielstrebig lief sie vor uns her, sie marschierte über die *Deichkrone*, spähte Vögel aus, zeigte uns Brandgänse, herum-tippelnde Sandregenpfeifer, schnatternde Tafelenten, eine auffliegende Gruppe Austernfischer. Vor allem die Möwen hatten es ihr angetan. Heringsmöwe, Silbermöwe, Sturm-möwe, Lachmöwe, Zwerg- und Mantelmöwe – sie wirbelte die Begriffe in unsere Richtung, sprach von Unterschieden, von gelben, braunen, grauen Beinen, von Lockrufen, Balzgesängen, Warnschreien, von Schnabellänge und von Brutzeiten, von Flugkurven, Jagdverhalten, Farbschattierungen im Federkleid.

Ich schrieb noch immer mit, längst war mein Blatt vollgekritzelt und ich notierte mir Stichworte auf der Rückseite eines rosafarbenen, fotokopierten Werbezettels, den mir eine der Besucherinnen mitleidig zugesteckt hatte. Ich setzte den Stift kaum noch ab, ich schrieb und schrieb.

Als wir schließlich den Deich verließen und ins Watt hineinliefen, war in meinem Kopf ein Rauschen, wie ich es sonst nur manchmal beim Bücherlesen bekam. Hätte ich es je zu beschreiben versucht, hätte ich von Babel gesprochen, von einem vielstimmigen, sich anstauenden Fremdflüstern in meinem Kopf. Es war ein Buchstabenschmerz, den ich mir da zufügte, wenn ich an einem Nachmittag nicht absetzte und – den Blick stur auf die Seiten geheftet, mechanisch umblätternd, umblätternd – zwei, drei Bücher hintereinander verschlang.

Die Stimmen schoben sich dann übereinander, mit getürmten Worten und Sätzen, mit auseinanderbrechenden Bedeutungen und losgelösten, sich verkantenden Hieroglyphen. Immer höher und waghalsiger schachtelten sich Silben und Schriftzeichen in meinem Kopf auf, sie griffen ineinander, wurden kyrillisch und unentzifferbar, es pochte und dröhnte und stapelte sich in meinem Hirn und meist ging ich zu Boden, meist lag ich schließlich mit kühlem Waschlappen auf der Stirn hinter zugezogenen Fensterläden, ich wand mich und schluchzte, bis plötzlich der Turmbau Risse bekam, bis er schwankte und kippte und die ganze Teufelsarchitektur einbrach oder absank und schmolz und alles leer wurde, endlich ganz leer.

Dass ich meinen Geist zu sehr öffnete, hatte mich meine Oma einmal gemahnt, zu durchlässig sei ich oder könnte ich werden, so ganz verstand ich das nie. Zum Laufen hielt sie mich deswegen an, wenn es wieder so weit war und sie mich rechtzeitig ertappte, sie scheuchte mich von den Büchern weg und aus dem Haus hinaus, ich durfte erst wiederkommen, wenn ich mindestens fünfmal um den Block gerannt war und manchmal, doch, manchmal nutzte das ja.

Aber jetzt waren weder meine Oma noch ein Häuserblock in Sicht und ich hätte mich von der Gruppe absondern müssen, aber das wollte und konnte ich nicht, wie sah das denn aus, also lief ich mit und versuchte, nichts mehr aufzuschreiben, nicht einmal mehr hinzuhören, als Melanie jetzt von Wattwürmern erzählte, von Strandschnecken und geschwungenen Amerikanischen Bohrmuscheln, die man Engelsflügel nannte.

Ich sah weg, als sie Seepocken von einem Pfahl abzupfte und sie hin und her schwenkte, um mit der vorgetäuschten Wellenbewegung einen Einsiedlerkrebs aus seinem Kalkgehäuse herauszulocken, ich blickte auf den Wattboden, auf die strohigen Maserungen, die die im Sonnenlicht austrocknenden Algen in den Sand zeichneten, ich zählte Wurmlöcher und versandete Miesmuscheln und schlug automatisch meine Handflächen gegeneinander als die Besucher schließlich klatschten, weil Melanie gesagt hatte: »Und das, meine sehr verehrten Damen und Herren, das war's.« Da hob ich den Kopf.

Die Leere in der Luft fest im Blick lief ich los, ich drehte mich nur kurz zu Lotte zurück und deutete auf meine Schläfe.

Wir kannten uns ewig, bereits vor dem Kindergarten, unsere Großmütter waren schon miteinander befreundet gewesen und Lotte wusste von diesen Zuständen bei mir. Sie konnte Melanie sagen, dass ich gleich zurück wäre, und ich versuchte nichts zu denken, gar nichts mehr, nur zu atmen. Auch das hatte meine Oma mir beigebracht, tief in meinen Bauch hinein: ein, aus, ein. Ich atmete und lief und hörte inmitten meines Rauschens und Brausens das Knacken der Engelsflügel, die unter meinen Sohlen brachen.

Hiller muss mich von weitem kommen gesehen haben. Er stand hochaufragend auf dem Kamm einer Aussichtsdüne und hatte mir vielleicht schon länger gewunken, aber mein Blick war auf den Boden geheftet gewesen, ich suchte einen Hühnergott.

Ich liebte Hühnergötter. Für Bernsteine und vierblättrigen Klee hatte ich kein Gespür, aber Hühnergötter fand ich oft. Dass sie selten sein sollten, konnte ich kaum glauben. In unserem Garten besaß ich ein eigenes Beet, das ich ganz mit den durchlöcherten Steinen umkränzt hatte. In allen Farben und Formen lagen sie dort herum und wehrten böse Geister von meinen Tomatenpflänzchen und Schwarzäugigen Susannen ab: Feuersteinknollen und Linsensteine, mit und ohne Kreideverwitterung, mit weiten und mit schmalen Durchbrüchen. Die Schönsten bewahrte ich auf meinem Schreibtisch auf: einen glatten Stein, dessen Loch so groß war, dass er fast wie ein Felsring aussah, und einen glänzenden weißen Findling mit eingelagertem Seelilien-Fossil.

Gerade hielt ich prüfend einen verwitterten Kiesel gegen das Sonnenlicht, aber die Höhlung war nicht tief genug, ganz hinten in den eingebohrten Tunnel war eine dünne Steinwand eingezogen, und ich schnippte den Kiesel aus meiner Hand und entdeckte Hillers winkende Gestalt hoch oben auf der hölzernen Dünenplattform. »Kommen Sie«, rief er und ich war überrascht, wie tief und warm seine Stimme war, »kommen Sie herauf.«

Daran, dass ich jetzt manchmal gesiezt wurde, konnte ich mich noch immer nicht gewöhnen. Unser Geolehrer hatte in diesem Schuljahr damit angefangen, er fand, wir seien dafür jetzt alt genug. Und auch wenn wir alle applaudiert hatten und uns sehr erwachsen dabei fühlten, mochte ich seinen Unterricht seitdem nicht mehr. Er hatte etwas Befremdendes und Steifes bekommen, die Stunden, auf die ich mich vorher immer gefreut hatte, waren anstrengend geworden. Aber vielleicht lag das auch am Lehrplan.

Dass Hiller und Sebald uns siezen könnten war mir gar nicht in den Sinn gekommen. Gestern hatten sie Lotte und mich immer im Plural angesprochen, *Ihr* und *Euch* hatten sie gesagt und ich hatte gar nicht gemerkt, dass sie uns nicht duzten. Beim langsamen Aufstieg auf die Dünenhöhe überlegte ich, wie ich ihnen das ausreden konnte. Ich wusste, dass es da Regeln gab. Generell musste wohl der Ältere dem Jüngeren das *Du* anbieten, das hatte ich mir gemerkt, aber irgendetwas war da noch mit Mädchen und Jungen, nein, mit Frauen und Männern, und ich hatte vergessen, was.

Durfte ich also sagen, dass ich geduzt werden wollte? Gerade war ich doch noch vierzehn gewesen, aber schließlich wollte ich ernst genommen werden und hatte hier zum ersten Mal so was wie einen Beruf. Also: Sie?

Immer langsamer wurde ich, ich ließ meine Docs tief in den Sand einsinken, ich wollte mich entscheiden, bis ich oben bei Hiller wäre, und schließlich blieb ich ganz stehen, ich zog endlich die viel zu warmen Stiefel und Socken aus und rieb ein paar schwarze Baumwollflusen von meinen nackten, noch frühlingsweichen Fußsohlen.

»Was ist«, rief Hiller, »Höhenangst?«

»Also bitte«, gab ich empört zurück, »ich komme aus Süddeutschland!«

Er lachte: »So viel höher sind die Berge da auch wieder nicht.«

Schnell marschierte ich die letzten Schritte zu ihm nach oben auf die hölzerne Plattform. »Aber in der Fränkischen Schweiz…«, begann ich. Dann verstummte ich.

Die Insel war an dieser Stelle sehr schmal. Rechts von uns erstreckte sich das Watt, links öffnete sich die Weite bis zum Horizont. In der Ferne konnte ich die Halligen sehen. Ihre Warften thronten über dem fast glatten Spiegel des sich zurückziehenden Meers. Direkt vor uns fielen die Dünen steil ab und versandeten im offenen Strand. Nur ein schmaler Steg verband uns mit dem geschwungenen Landbogen, der weiter hinten die Nordspitze der Insel formte. Eine Wolke aus Vögeln hob sich gerade in die Luft. Mit jedem Flügelschlag verschoben sie ihre Himmelsordnung, sie stoben auseinander, reihten sich wieder ein, formten Rauten und bauchige Verwirbelungen. »Wie viele sind das?«, staunte ich. »Schätzen Sie«, sagte Hiller.

Ich kniff die Augen zusammen und versuchte, Ordnung in das flackernde Bild zu bekommen. Es gelang mir nicht. Immer wenn ich glaubte, ein paar Vögel gezählt zu haben, flatterten sie wieder auseinander, sie zogen rotierende Linien und Kreise und ich musste noch einmal von vorne beginnen. »Die halten nicht still!«, rief ich. Hiller schmunzelte. »Keine Sorge«, sagte er, »Sie werden das lernen.«

Er bückte sich zu einer zerschlissenen Ledertasche, die zu seinen Füßen lagerte, holte einen khakigrünen Armee-Feldstecher heraus, stellte sich hinter mich und legte mir den breiten Tragegurt um den Hals.

Der Feldstecher war erstaunlich schwer. Mit den Zeigefingern strich ich über die grüne Ummantelung, die aus dickem Gummi zu bestehen schien. Über dem rechten Okular war ein kleiner Kratzer. Ich wog das Glas in den Händen. Dann hob ich es an und presste es gegen meine Augen.

Sie waren hell, ihr Gefieder glänzte in der Sonne. An ihren gelben Schnäbeln konnte ich die roten Punkte sehen, die Melanie uns vorhin gezeigt hatte. Die Jungvögel pickten darauf, wenn sie Hunger hatten, und die Eltern begannen dann, halb verdaute Nahrung auszuwürgen. Ich hatte mir das gemerkt, weil ich es lustig fand. Es erinnerte mich ein bisschen an die Snackautomaten, die neuerdings bei uns an den U-Bahnsteigen herumstanden.

»Silbermöwen«, rief ich. Pfeilschnell glitten sie aneinander vorbei, hintereinander her. Wie es ihnen gelang, nicht zusammenzustoßen, konnte ich mir nicht erklären. Es musste eine Absprache zwischen ihnen geben, die ich nicht verstand. Eine Art Echolot vielleicht, wie bei Fledermäusen, ein Radar. Oder nicht? Von der Anhöhe aus betrachtet schienen sie mir völlig unberechenbar. Jetzt scherte eine kleine Möwe aus und schnitt diagonal mitten durch die Formation. Ich fing den Blick eines Altvogels auf, der dem Querflieger so verdutzt hinterhersah, als sei ihm ein Geisterfahrer begegnet. Ich musste lachen und wollte den Feldstecher gerade absetzen, als Hiller mit den Fragen begann.

»Wie ist die Flugrichtung?«, wollte er wissen. Ich zögerte. Vor mir wirbelten die Vögel in der Gegend herum, ständig bildeten sie neue, sich verschiebende Formationen. Links, rechts, rauf, runter – gerade waren drei Möwen steil abwärts gestoßen, während fünf andere fast schwerelos aufwärts zu schweben schienen.

»Ich weiß es nicht«, sagte ich schließlich.

»Wie ist die Windstärke?« – »Ich weiß es nicht.«

»Wie ist die Windrichtung?« – »Ich weiß es nicht.«

»Wo steht die Sonne?« – »Am … Himmel?«

Hiller lachte. »Achten Sie auf diese Dinge«, sagte er, »fangen Sie heute damit an. Dann verstehen Sie schneller.« Ich wollte nicken, aber mit dem Fernglas vor meinen Augen war das gar nicht so einfach. »Versuchen Sie nie, die Vögel einzeln zu erfassen«, hörte ich Hiller sagen. »Ziehen Sie einen geschlossenen Kreis um die dichteste Himmelsbesiedlung.« Er löste meine rechte Hand vom Feldstecher, griff meinen Arm, richtete ihn auf die Möwen aus und zeichnete eine Null mitten in das Geflatter hinein.

»Bilden Sie Luftzirkel«, fuhr er fort, »und dann berechnen Sie.«

Berechnen. Ich hasste Rechnen. Ich hasste Algebra, Geometrie, ich hasste die ganze dämliche Mathematik. Plötzlich war ich mir nicht mehr sicher, ob das alles hier wirklich so eine gute Idee gewesen war. Der Zirkel, den Hiller gezeichnet hatte, erinnerte mich an die Schnittmengen in alten Schulaufgaben. Ich starrte auf den imaginären Kreis in der Luft und die ihn durchziehenden Möwen. Ich hatte noch immer keine Ahnung, wie viele es sein könnten, ich konnte nicht *berechnen*.

Plötzlich spürte ich das Brennen der Sonnenstrahlen auf meinem Körper, mir war warm, ich begann am Bauch zu schwitzen. An die Nordsee fahren und Vögel *zählen* – ich hatte wirklich schon bessere Einfälle in meinem Leben gehabt. Ich senkte das Fernglas und zupfte mit den Fingern am Saum meines T-Shirts herum. »Ich bin nicht so gut in Mathe«, murmelte ich.

Hiller betrachtete mich. »Sie mögen keine Zahlen?«, fragte er. Ich schüttelte stumm den Kopf und biss mir auf die Unterlippe. Ich ärgerte mich über mich selbst. Wahrscheinlich war jetzt alles vorbei. Hiller würde den Professor anrufen und ihm mitteilen, dass ich für die Vogelstation völlig ungeeignet war. *Sie kann nichts berechnen,* würde er ihm sagen, *was haben Sie uns da denn eingebrockt.*

Eine einzelne Möwe segelte über unsere Köpfe hinweg, ich konnte den Luftzug über meinem Scheitel spüren. Ich sah ihr nach, aber ich konnte nicht erkennen, ob es eine Mantelmöwe oder eine Heringsmöwe war. Beide trugen, das hatte uns Melanie vorhin erklärt, einen dunklen Mantel. Eigentlich unterschieden sie sich vor allem in ihrer Größe, aber woher sollte ich wissen, wer größer war, wenn ich nur eine von beiden vor mir hatte. Ich musste es einsehen: Ich war für diese Arbeit absolut die Falsche. Und kochen konnte ich auch nicht, nicht einmal einen Blumenkohl. Seufzend streifte ich den Tragegurt von meinem Hals und gab Hiller das Fernglas zurück. Wahrscheinlich war es das Beste, mich gleich von ihm zu verabschieden und einfach direkt nach Hause zu fahren. Erwachsene machten das so, das wusste ich: Sie zogen früh die Konsequenz. »Man muss erkennen, wenn man fehl am Platz ist«, sagte mein Vater immer. Wenn ich also erwachsen sein wollte, dann sollte ich gehen. Auch wenn das schade war, denn ich begann, Hiller zu mögen.

Hiller hängte sich das Fernglas über die rechte Schulter. Er sah eigentlich gar nicht alarmiert oder verärgert aus. »Ich mag Zahlen auch nicht sonderlich«, sagte er beiläufig. »Menschen richten sich zu sehr nach ihnen. Sie haben etwas Gauklerhaftes.«

Überrascht sah ich ihn an. Zahlen waren gauklerhaft? Das hatte ich nun noch nie gehört. Im Gegenteil, unser Mathelehrer pochte immer darauf, wie unbestechlich und akkurat Zahlen doch waren. »Aber... aber wie ist es mit Buchstaben?«, fragte ich nach, »Mögen Sie die?« Und fügte schnell hinzu: »Lesen Sie gern?«

Atemlos wartete ich auf seine Antwort. Auf einmal hing ganz viel davon ab, was er sagen würde. Ob er ein Leser war. Zum ersten Mal begriff ich, dass ich das schon immer getan hatte. Sogar als ich selbst noch nicht lesen konnte, hatte ich Menschen unterteilt: in die mit Büchern. Und die ohne.

Hiller sah mich verwundert an. Er schien meine Unruhe zu spüren, die Bedeutung, die seine Worte für mich hatten. Er sprach ganz langsam, ganz ruhig. »Unbedingt«, sagte er. »Ständig, überall. Und Sie?« »Ja!«, rief ich erleichtert. »Aber ich bin immer zu schnell.« In Hillers Gesicht zuckte etwas. Ich konnte es unter seinem dichten Barthaar kaum erkennen, aber ich glaubte zu sehen, dass er schmunzelte. »Vielleicht sind ja auch die Bücher, die sie lesen, zu kurz?«, schlug er vor und seine Stimme klang belustigt. »Neinnein«, sagte ich und konnte meinen Kopf gar nicht heftig genug schütteln. »Die anderen lesen immer jedes Wort einzeln, aber ich mache das irgendwie anders, ich...« Ich sah hinaus aufs Watt, als könnte ich dort die richtigen Worte finden. »...Sie erfassen die ganze Seite«, ergänzte Hiller ruhig. Verblüfft atmete ich aus. Ich hatte noch nie jemanden getroffen, der es verstand.

In der zweiten Klasse hatte die Lehrerin meine Mutter zu sich bestellt, weil sie glaubte, dass ich log. Sie hatte uns Kinderbücher ausgeteilt, die wir still an unseren Pulten lesen sollten. Als ich meines nach einer halben Stunde gegen ein neues eintauschen wollte, weigerte sie sich. Schludrig sei ich, schimpfte sie mich, ungenau und faul. Ich weiß noch, wie ich hilflos und zornig vor ihr stand. Ich stampfte mit dem Fuß und forderte sie auf, mir Fragen zum Inhalt zu stellen. Als ich sie alle beantworten konnte, erklärte sie, dass ich das Buch schon vorher gekannt haben musste. Und dass das noch schlimmer sei als Schludrigkeit. Eine Betrügerin und Aufschneiderin sei ich dann nämlich. Und eine Schande für meine Familie.

Hiller und ich schwiegen einen Moment und sahen uns an. Er stand noch immer dicht bei mir, aber das störte mich nicht. Er roch wie mein Vater, nach einer Mischung aus Tabak, Kaffee und Aftershave. Sein Blick war freundlich, die Farbe seiner Augen erinnerte mich an einen grünlichen See. Von der Nordspitze drang das kehlige Schreien der Silbermöwen herüber. »Warum machen Sie das?«, fragte ich. »Das Vögelzählen?«

Hiller runzelte die Stirn. »Warum?«, wiederholte er. Sein Blick glitt über die Dünen hinweg, zu der Wolke aus Silbermöwen. Gerade formten sie eine neue Luftfigur, sie sahen aus wie ein riesiger Flügel, der sich in den Himmel hinaufschwang. »Wissen Sie, es ist wie bei Büchern«, sagte er schließlich, »sie beruhigen die Seele.«

Ich nickte stumm und lehnte mich gegen das hölzerne Geländer der Plattform. Die Vögel waren jetzt näher als vorher. Ich konnte ihre Flügelbewegungen hören. Es war ein eigenartiges Geräusch, als würde jemand gefaltete Geschirrtücher über uns ausschlagen. Immer weiter fächerten sich die Möwen auf, ein paar von ihnen stießen hoch hinauf, der Sonne entgegen. Ich fixierte ihre Flugkurven, ich wollte lernen, ihren Rhythmus zu verstehen, ihre Regeln. Ich wollte bleiben.

»Sehen Sie beim Lesen denn ab und zu noch die einzelnen Wörter?«, fragte Hiller. Ich schüttelte den Kopf. Das war etwas, das ich nie verstanden hatte. Wieso meine Mitschüler, obwohl sie bei einem Wort die einzelnen Buchstaben doch auch nicht mehr wahrnahmen, bei Sätzen immer noch jedes Wort einzeln lesen mussten. Kein Wunder, dass sie dann so langsam waren.

Eine irrsinnige Frau geht in den Dünen um.

»Was?«, fragte ich und drehte mich um. Ich war mir nicht sicher, ob Hiller tatsächlich gesprochen hatte. Der Satz war auf einmal da, ganz deutlich hing er zwischen uns, mitten in der Salzluft. Ich konnte ihn fast geschrieben vor mir sehen. Hiller lachte laut auf. Seine buschigen Augenbrauen waren in die Höhe gerissen, seine grauen Barthaare zitterten. Eigentlich hatte ich noch nie einen Mann getroffen, der so verschmitzt und so furchteinflößend zugleich aussah.

Ein Kobold, dachte ich. Wie ein alternder Kobold.

»Selber irrsinnig«, brummte ich und griff mir ein Klemmbrett, das ich erst jetzt auf den Planken der Plattform liegen sah. *Nordnehrung, 11.24 Uhr, Silbermöwen, 65*, stand darauf. Die Schrift war eckig und irgendwie ältlich, sie erinnerte mich an die Zahlenkolonnen, mit denen meine Oma beim Canastaspiel unsere Ergebnisse notierte. Ich strich mit den Fingern das gewellte Blatt glatt. Fünfundsechzig Silbermöwen. Nach meinen *Berechnungen* hätten es auch halb so viele sein können. Oder doppelt so viele.

Jemand rief uns. Unten am Strand sah ich zwei Gestalten näher kommen. Die kleinere von ihnen hopste ein wenig, auf ihrem Kopf wippten die Locken, die andere stapfte zielstrebig in Gummistiefeln auf uns zu. Ich freute mich, Lotte und Sebald zu sehen, aber ich wäre gerne noch ein wenig mit Hiller allein gewesen. Ich ahnte schon, dass es dazu nicht viele Gelegenheiten geben würde.

»Wissen Sie was«, sagte Hiller und nahm mir das Klemmbrett ab, »wir machen das anders. Sie sind zwei Wochen hier?« Ich nickte. »Dann schließen wir einen Pakt. Sie finden heraus, von wem der Satz mit der irrsinnigen Frau ist, und ich...« Hiller hielt mir seine Hand zum Einschlagen hin, »... ich bringe Ihnen bei, den Himmel zu lesen. Wollen Sie das?«

Den Himmel lesen lernen.

Ja. Auja.

So viele Dinge

Ein Mannequin soll sie gewesen sein. Oder eine Diva an einem italienischen Opernhaus, in einer sonnendurchfluteten und barocken oder gotischen Stadt wie Siena oder so was. Also keine richtige Primadonna vielleicht, aber zumindest eine echte Sängerin mit klassischer Ausbildung, mit Auftritten an der Oper, wenigstens im Chor. Lotte erzählte mir das flüsternd, als wir uns einen Kellerverschlag der Station zum Schlafzimmer umräumten. Mir schien das eher unwahrscheinlich. Fräulein Schmidt sah einfach nicht so aus. Ein ehemaliges Model würde sich, schlussfolgerte ich, doch wenigstens die grauen Haare wegfärben. Andererseits hatte sie noch immer kein einziges Wort mit uns gewechselt. Das konnte, fanden wir, auf die berechtigte Überheblichkeit von Ruhm hindeuten. Wir tuschelten und debattierten und räumten Lackdosen, Farbeimer und verklebte Pinsel in den angrenzenden, zwei Stufen tiefer gelegenen Heizungsraum. Den Sack mit dem Zement schoben wir schwitzend in eine Ecke und warfen eine zerschlissene Wolldecke darüber. »Und wer weiß«, wisperte Lotte, »wer weiß, was mit ihr passiert ist.«

Zufrieden betrachteten wir unser Werk. Das schmale Kellerzimmer lag nicht ganz unter der Erde. Im oberen Fünftel des vergitterten Fensters konnten wir, wenn wir uns auf den Boden kauerten, an den Grasnarben des Gartens vorbei sogar bis hinauf auf den Deich sehen. Nur öffnen konnten wir das Fenster kaum. Es ließ sich einen kleinen Spalt aufstemmen, aber nicht wirklich aufreißen. Ich machte mir Sorgen wegen der Lösungsmitteldämpfe, die hier in der Luft hingen, aber Lotte fand, wenn wir die erst mal eingeatmet hätten, wären sie ja weg. Im Garten hatten wir zwei verwitterte, stoffbezogene Klappliegen gefunden, auf denen wir sicher besser schlafen würden als in den Stockbetten bei Melanie und Fräulein Schmidt. Ich ärgerte mich allerdings ein wenig, dass ich meine Isomatte nicht dabeihatte. Tatsächlich verstand ich nicht, wie mir das hatte passieren können. Wo ich doch so stolz darauf war: auf meine eigene Isomatte, auf mein zerkratztes Kochgeschirr aus dem Militärladen, das wir kennerhaft Koschi nannten und mit dem wir bei Wanderungen schon auf Lagerfeuern in Höhlen gekocht hatten. Hätte Lotte noch ihren Gaskocher und ihre Petroleumlampe mitgenommen, wäre unsere Ausrüstung hier unten perfekt gewesen.

Dass wir das wahrscheinlich mit dem Professor würden absprechen müssen, hatte Melanie gesagt, als wir ihr erklärten, in den Keller ziehen zu wollen. Aber wer nicht da war, den konnten wir, fanden wir, ja schlecht fragen.

Es war Pfingstmontag. Bald würde Julian abreisen. Lotte war darüber verdächtig bedrückt. Sie stritt zwar ab, ihn interessant zu finden, aber ich beobachtete sie, wenn sie mit ihm sprach. Sie lehnte sich ihm entgegen, sie nickte eifrig bei allem, was er sagte, und als er sie einmal anstupste, bekam sie rote Ohren. Ein bisschen konnte ich das auch verstehen. Julian war zwar alt, aber er roch ganz gut. Und er wusste viel über die Vögel, über die Insel und über das Wattenmeer.

Unsere Liegen waren mit Papierblättern bedeckt, die wir

jetzt an die Wand hefteten. Wir hatten angefangen, für die Vögel Zettel anzulegen. Ich notierte die wichtigsten Daten – Größe, Brutverhalten, wo wir sie gesehen hatten – und Lotte zeichnete. Den Sandregenpfeifer malte sie mit einem deutlichen schwarz-weißen Halsband, den Rotschenkel mit einem besonders auffällig gesprenkelten Federkleid. Das zufriedene Löffelenten-Pärchen, das mich gestern im Süßwasserteich so begeistert hatte, bekam extra platte Schnäbel. Die Vögel sahen auf den Bildern wirklich lebendig aus. Ich verstand nicht, wie Lotte das machte. Ihr Strandläufer schien auf der Zeichnung munter herumzutippeln, immer wenn ich ihn ansah, hätte ich schwören können, dass er sich bewegte.

Von wem der Satz über die irrsinnige Frau war, hatte ich noch nicht herausgefunden. Auch meine Mutter hatte mir am Telefon nicht weiterhelfen können. Dabei las sie, wenn sie nicht gerade in der Praxis arbeitete, mindestens genauso gern wie ich. Mein Vater mochte es nicht, wenn wir in den Büchern verschwanden, er war Ingenieur. Für ihn waren Bücher Verstecke, das betonte er immer wieder. »Hört auf, euch zu verstecken«, sagte er manchmal, wenn er uns wieder lesend auf dem Sofa fand. Ihn brauchte ich also gar nicht erst um Rat zu fragen. Und Lotte riet genauso ahnungslos herum wie ich. »*Irrsinnig* klingt alt«, hatte sie gesagt, »so schreibt doch heute keiner mehr.« Da stimmte ich ihr zu. Ein bisschen hatte ich ja E. T. A. Hoffmann im Verdacht, aber ich war mir nicht sicher, ob der überhaupt mal an der Nordsee gewesen war.

Es klopfte. Julian steckte seinen Kopf durch die Tür. Mit einem flinken Blick registrierte er unsere aufgeklappten Liegen, die Vogelzeichnungen an den Wänden, den Strauß aus blühenden Wildkräutern, den Lotte wie ein Blumengesteck in ein ausgespültes Senfglas arrangiert hatte. Er trat ein und begutachtete meine auf einem leeren Pappkarton aufgestapelten T-Shirts und Hosen, die ich in den letzten Wochen alle schwarz einzufärben versucht hatte und die, je nach ihrer Grundfarbe, in unterschiedlichsten Schwarzschattierungen schimmerten. »Astrein«, sagte er. Ich war mir ziemlich sicher, dass *astrein* kein Begriff war, den irgendeiner meiner Klassenkameraden verwenden würde. Er klang fast so altmodisch wie *irrsinnig*. »Kommt mal hoch, wenn ihr fertig seid«, sagte Julian. »Ich will euch was zeigen.«

Das Gesicht der Frau war verzerrt. Ihr Oberkörper war leicht vorgebeugt, sie stierte in die Tiefe. Die Augen der Frau waren aufgerissen, ihr knallroter Mund weit geöffnet. Durch das Fernrohr im Ausstellungsraum konnte ich sehen, dass ihre Stirn ganz feucht war, eine blonde Haarsträhne klebte an ihrer nassen Schläfe. Gerade kam Bewegung in ihren zierlichen Körper, sie drehte sich auf der schwankenden Plattform hin und her und sah sich suchend um. Als gäbe es dort oben eine unsichtbare, abwärts führende Brücke, die sie doch nur entdecken müsste, eine gläserne Treppenkonstruktion, die am Kran angebracht wäre und über die sie zurück auf den Erdboden steigen könnte. »Das macht die nicht«, hörte ich Melanie sagen. »Die kneift.«

Vom Bungeejumping hatten wir schon viel gehört. Einer aus unserer Parallelklasse behauptete, er hätte es bei seinem Austauschjahr in Amerika ausprobiert, in einem Canyon sogar, voll der Rausch sei das gewesen, aber wir waren uns nicht sicher, ob wir ihm glaubten und lachten ihn zur Sicherheit einfach aus. Wir fanden so was, erklärten wir ihm, total kindisch, eine bekloppte Mutprobe für dämliche Angeber und lebensmüde Idioten. Aber in Wahrheit fragten wir uns alle, ob wir selbst uns das trauen würden. Und was passieren würde, wenn das Gummiseil risse.

Ein Mann in neongelber Sicherheitsjacke schob sich jetzt dicht an die Frau heran, er sprach auf sie ein, sie nickte. »Gleich zählt er einen Countdown«, sagte Julian. »Der taugt, bisher sind alle gesprungen.« Ich trat zur Seite und überließ Lotte den Platz am Fernrohr. Auf dem Parkplatz vor uns begannen die Schaulustigen rhythmisch zu klatschen. Die Fenster im Ausstellungsraum waren geschlossen, es war ein merkwürdiger Anblick: die lautlosen Anfeuerungsversuche, die aufwärts gerichteten, gebräunten Gesichter der bunt gekleideten Urlauber. Sie gierten nach einer Niederlage oder einem Skandal, einer Aufregung in ihren sonnensatten Ferientagen. Und ich fragte mich, ob es nicht mutiger wäre, nicht zu springen und mit schamroten Wangen und sinkendem Herzen wieder abwärts gefahren zu werden.

Lotte schnappte nach Luft, ich hatte den Absprung verpasst. Mit weit ausgebreiteten Armen stürzte die Frau der Asphaltfläche entgegen, und ich war, obwohl wir es doch hatten kommen sehen, überrascht über die Geschwindigkeit, mit der sie abwärtsraste. Bruchteile von Sekunden können das nur gewesen sein, ihr Juchzen hörten wir selbst hinter den Fensterscheiben, sie fiel und schon straffte sich das Seil, ihr schlanker Körper schnellte zurück in die Höhe,

51

ihre Beine zappelten, fast lief sie aufwärts in die Luft hinauf. »Cooler Rebound«, sagte Julian fachmännisch.

Die blonde Frau pendelte jetzt aus, sie hielt ihre Arme noch immer weit ausgebreitet, sie segelte am Hüftgurt herum wie eine unserer Möwen oder wie eine umgekippte, gekreuzigte Jesusfigur. Und mit einer gleichmäßigen, fast behutsamen Bewegung setzte der Kran sie auf dem Boden ab. Noch verankert in ihrem Sicherheitsgeschirr riss sie einen Arm in die Höhe. Ich konnte ohne das Fernglas ihre Gesichtszüge nicht richtig erkennen, aber ich wollte auch so aussehen wie sie in diesem Moment: triumphierend, mit wild blitzenden Augen. Draußen auf dem Parkplatz jubelten die Zuschauer ihr zu, ein älterer Herr warf seinen breitkrempigen Sonnenhut in die Luft, Melanie wiegte anerkennend den Kopf. Und Lotte sah Julian an und sagte: »Astrein.«

Eine Ringeltaube. Eine Friedenstaube. Eine Weißflügeltaube, auch wenn die doch als Trauertaube irgendwie unpassend war und außerdem in Jerusalem gar nicht vorkam. Wir saßen gemeinsam unter dem Sonnenschirm auf der Terrasse, wir lutschten Eiswürfel aus gefrorenem Johannisbeersaft und diskutierten darüber, welche Taube der Heilige Geist wohl genau gewesen sein könnte. Sebald und Hiller waren gerade von der Nachmittagsführung zurück, sie schüttelten ihre Köpfe, warfen uns Gotteslästerung vor und korrigierten doch unsere Vorschläge – zu dunkles Gefieder die Ringeltaube, zu naheliegend die Friedenstaube – und sogar Fräulein Schmidt beteiligte sich an der Diskussion. Ihr Favorit war die Wildtaube, denn, so argumentierte sie, der Heilige Geist musste in jedem Fall ein Zugvogel gewesen sein, wenn er all die Gläubigen erreichen wollte.

Ich kannte mich mit Tauben nicht so aus, aber ich war ohnehin der Meinung, dass die biblischen Illustratoren da schummelten. Eine Lachseeschwalbe, schlug ich vor, könnte der Heilige Geist doch wohl genauso gut gewesen sein, eine heitere Botschaft habe er schließlich zu vermitteln gehabt, und außerdem brüteten laut Vogelkundebuch die Lachsee- schwalben am Schwarzen Meer. Oder: ein Odinshühnchen. Von dem wusste ich zwar noch nicht sehr viel mehr als den Namen, aber der, fand ich, klang schon mal äußerst weise. Und weise musste er ja sein, dieser Heilige Geist.

Warum wir denn gestern nicht in die Kirche mitgekom- men seien, wollte Sebald schließlich von Lotte und mir wis- sen, als wir gerade den Vollkornkuchen auf den Tisch stell- ten, den wir versucht hatten ohne Rezept zu backen, und der aussah wie ein ziemlich schiefes Brot. Lotte zuckte die Schul- tern. »Ich glaube nicht an Gott«, sagte sie und lief zurück in die Küche, um den Tee zu holen, den wir aus im Garten abgezupften Hibiskusblüten aufgegossen hatten. Ich blieb stehen und verschränkte die Arme.

Für mich war die Antwort nicht ganz so einfach. Ich war schließlich in einem katholischen Kindergarten groß gewor- den, bei Nonnen, die wir Schwestern nannten, Schwester Kunigunde, Schwester Sieglinde, unter deren bodenlanger schwarzer Ordenstracht wir uns manchmal beim Spielen im Gemeindegarten versteckt hatten. Später hatte ich dann im Kirchenchor gesungen, mein größtes Ziel war es gewesen, bei der Christmette das Verkündigungs-Solo des Engels singen zu dürfen, *Vom Himmel hoch da komm ich her.* Aber als es an einem Weihnachtsabend endlich so weit war, zitterte meine Stimme so sehr, dass mich die ganze Gemeinde bemitleidete. Dafür war meine Erstkommunion eine meiner liebsten Erinnerungen: das Gefühl der Hostie auf meiner Zunge, die geheimnisvolle Dunkelheit im Beichtstuhl. Wann genau der Bruch gekommen war, konnte ich nicht sagen. Vielleicht, als mir auffiel, dass unser Pfarrer keine weiblichen Ministranten annahm. Zu dem Zeitpunkt hatte ich gerade *Don Camillo und Peppone* entdeckt. Es war eine der wenigen Fernsehsendungen, die meine Mutter mich sehen ließ, und natürlich wollte ich Camillo sein. Ich wollte mich wie er mit einer sprechenden Jesusfigur streiten, und wenn das nicht ging, so wollte ich doch wenigstens Weihrauchgefäße herumschwenken, lateinische Antworten murmeln und im Messdienergewand aus der Sakristei treten, um mit dem Schellenkranz den Gottesdienst einzuklingeln. Vielleicht wollte ich, wenn ich ehrlich war, auch einfach nur auf einer Bühne stehen. Aber ich durfte nicht. So sehr ich auch mit dem wortkargen, immer faltiger werdenden Pfarrer diskutierte, es blieb dabei: Frauen kamen ihm nicht in die Nähe des Altars. Das fand ich empörend. Plötzlich sah der Gottesdienst für mich aus wie die Versammlung einer Sekte. Ich saß im Kirchengestühl und beobachtete den Pfarrer dabei, wie er vor dem Tabernakel niederkniete und bei der Eucharistie seine runzeligen Lippen an den Goldkelch presste. Die Gesänge aus dem Gotteslob klangen schrill in meinen Ohren und zum ersten Mal begann ich die Texte der Lieder zu hinterfragen, ihre Drohgebärden, mit Apokalypse und Fegefeuer und Höllenqual: *naht mir der Satan.* Auch die verschnörkelten Bilderrahmen im Kreuzgang ekelten mich auf einmal an, der zur Schau gestellte kirchliche Reichtum, die mit Blattgold überzogenen Statuen, das Klirren der Münzen im Klingelbeutel, die glitschig bemoosten, marmornen Weihwasserschalen am Eingang. Die Beichte kam mir jetzt verlogen vor, all das Gewisper und Getuschel hinter zugezogenen Brokatvorhängen, *vergib mir, denn ich habe gesündigt.* Ich blätterte in meinem Firmungsheft und fand meine Schrift darin naiv und kindlich, *Ich will die Maske der Sünde von mir reißen* hatte ich unter eine Teufelsfratze aus Buntpapier schreiben müssen, und als ich wieder einmal beim Sonntagsgottesdienst war und der Pfarrer mit leiernder Stimme von den Verführungen des sündhaften Weibs erzählte, stand ich auf und ging und kam nicht wieder.

»Ich glaube nicht mehr an die Katholische Kirche«, hätte ich Sebald deshalb vielleicht antworten müssen. In der Schule war ich in den Ethikunterricht übergewechselt, nur aus der Kirche ausgetreten war ich noch nicht. Zu feige für Atheismus sei ich, piesackte mein Bruder mich, hätte wohl Schiss vor Höllenhunden. Aber so einfach war das nicht. Denn auch wenn ich es nicht zugab, ertappte ich mich immer wieder dabei, dass ich zu beten begann. Nachts in meinem dunklen Zimmer konnte das passieren, wenn die Scheinwerferkegel der vorüberfahrenden Autos über die Zimmerdecke zogen und meine Möbel knorrige Schatten warfen, oder wenn es draußen donnerte und stürmte und im Garten die Äste der Obstbäume brachen: Lieber Gott, lass alles gut werden, verzeih mir, mach alles wieder gut, all das. Bitte.

Nichts davon sagte ich, ich stand da und sah den Tisch an und schwieg und erst, als neuer Jubel vom Parkplatz herüberbrandete und vorne im Flutsaum eine Gruppe Austernfischer erschrocken aufstob, merkte ich, dass Hiller und Sebald und auch Fräulein Schmidt noch immer auf meine Antwort warteten. Sogar Lotte war längst mit der nach parfümiertem Badewasser riechenden Teekanne zurückgekommen, Julian und Melanie standen neben ihr, und alle sahen mich an.

»Lass, Sebald«, sagte Hiller schließlich, als ich noch immer nicht wusste, was ich denn antworten könnte, »in dem Alter ist das keine einfache Frage.« Er nahm sich eine leere Teetasse und hielt sie Lotte hin. »Und was den Heiligen Geist betrifft, einigen wir uns mal darauf: Das ist ein Seelenvogel.«

Am Nachmittag des nächsten Tages dann: Lotte und ich auf den Fahrrädern, die wir aus einer mit Metallschrott zugestapelten Ecke des Schuppens hervorgezogen hatten. Wir fuhren schnell, der Kies der aufgeheizten Schotterwege spritzte unter unseren Reifen. Wir hielten unsere Gesichter der Sonne entgegen, wir atmeten den schweren Geruch von Knabenkraut und von auf den Deichen trocknendem Schafskot, wir hatten das Summen der aufschwärmenden Insekten im Ohr, das hohe Schwirrgeräusch unserer Räder. An einer abschüssigen Stelle ließ ich den Lenker los. Unter meinen ausgebreiteten Armen flogen blühende Felder und Salzwiesen hindurch, Krähenbeere, Silbergras, ich spürte das Flattern meines T-Shirts auf meiner sonnenwarmen Haut, berührte mit den Fingerspitzen fast zwei umeinander herumtaumelnde Zitronenfalter. Ich reckte meinen Brustkorb dem Fahrtwind entgegen und stellte mir vor, wie das wäre: oben auf dem Bungee-Kran zu stehen, die Insel aus der Höhe zu sehen, aus der Sicht der dort herumgleitenden Möwen, Dünentäler und Menschen ganz klitzeklein. Dann die Arme ausstrecken, so wie jetzt, genau so – und alles fliegt auf mich zu.

»Ich will das machen!«, rief ich der vor mir herradelnden Lotte zu. »Was?«, brüllte sie zurück. Ihr Gesicht war erhitzt, ihr pinkes Sommerkleid klebte an ihren Hüften, sie stand in den Pedalen und kämpfte gegen eine Anhöhe an, die uns aus der Wegsenke zum Waldrand hinführte. Unter ihrem wippenden Pferdeschwanz glänzte der Nacken vor Schweiß. »Bungee!«, schrie ich ihr zu und fand, dass es wie ein Schlachtruf klang, der Kampfschrei eines Indianerstamms: »Bungee!«

Dass man da wahrscheinlich die Genehmigung der Erziehungsberechtigten vorweisen musste, überlegten wir, als wir am Strandübergang unsere Fahrräder an einem Lattenzaun abstellten. »Deine Eltern«, sagte Lotte und verzog zweifelnd ihren Mund, »meinst du, die lassen dich?« »Wir könnten meine Oma fragen«, mutmaßte ich.

Als wir den Dünenkamm überquerten, schlug uns das Rauschen der Brandung entgegen. Der Strand lag als weites weißes Band zwischen uns und den überstürzenden Wellen der See. Es roch nach Sommer, nach Nussöl und Meersalz, nach Pommes frites und angebräunten Apfelschnitzen in Tupperdosen. Sandburgen türmten sich zu hohen Wällen auf und legten sich wie ineinandergreifende Olympiaringe um die einzelnen Körbe. Die ganze Sandebene war gesprenkelt vom farbenfrohen Bastgeflechte der Strandkörbe, den bunt gestreiften Plastikbezügen ihrer Sitzflächen, den flatternden Wimpeln der ausziehbaren Sonnendächer. Kinder mit Plastikschaufeln und Sandförmchen hämmerten auf den Boden ein oder traten nach herumrollenden Wasserbällen, ein kleiner Junge rannte mit tropfender Eiswaffel auf einen struppigen Terrier zu und am Ende des Bohlenweges tappte ein weißhaariger gebeugter Herr mit Schwimmflügeln an den faltigen Armen an uns vorüber und auf die Brandung zu. Hoch über unseren Köpfen knatterte ein grellgrüner, rautenförmiger Drache im Westwind herum und ließ seinen mit gelben Schleifchen besetzten Schweif im Himmel tanzen.

Lotte schlüpfte aus ihren Sandalen und zog in einem Wirbel aus Pink ihr Kleid über den Kopf. »Komm«, rief sie und rannte in Richtung des Meers. Ich zögerte. Ich schämte mich für den Badeanzug, den ich unter meiner schwarz gefärbten, abgeschnittenen Jeans trug. Ich hatte ihn vor drei Jahren bekommen und er saß jetzt an der Brust viel zu eng. Außerdem konnte man an den einschnürenden Beinrändern meine Schamhaare sehen. Ich war mir nicht sicher, wie man das ändern konnte. Von meinem Taschengeld hatte ich mir einen kleinen elektrischen Damenrasierer zusammengespart, aber als ich ihn vor dem letzten Hallenbadbesuch in der Bikinizone angewendet hatte, hatte ich lauter Pickel bekommen und mein Bruder hatte mich gefragt, ob ich vorhatte, mir dort einen Bart nachwachsen zu lassen. Lotte war magerer als ich, *noch nicht so weit entwickelt* nannte meine Mutter das, ihren gestreiften Bikini hatte sie seit der fünften Klasse und er saß noch immer perfekt. Gerade warf sie vorne am Meeresrand ihr Kleiderbündel in den Sand. Sie winkte und schmiss sich rückwärts in eine heranrollende Welle. Ich seufzte und setzte mich neben ein gelbes, halb aufgepumptes Gummiboot in den Sand, um meine Docs aufzuschnüren.

Später lagen wir zum Trocknen auf unserem mitgebrachten Handtuch. Direkt vor uns ruhte eine tiefbraun gebrannte ältere Dame auf einer Liege. Sie hielt einen aufgeklappten Aluspiegel angeschrägt vor sich. Sie bewegte sich nicht, aber die zurückgeworfenen Sonnenreflexe tanzten über ihr ledernes, runzeliges Dekolleté. Ein paar der Lichtpunkte glitten zu uns herüber und huschten über unsere Beine.

Lotte lag auf dem Rücken, sie hatte die Augen geschlossen. Tropfen von Salzwasser liefen ihr aus den nassen Haaren in die Ohrmuscheln hinein. Auf ihrer Nase begannen sich kleine Sommersprossen abzuzeichnen, die ich neidisch betrachtete. Seit ich zum ersten Mal von Pippi Langstrumpf gehört hatte, wollte ich auch solche Sommersprossen haben. Aber ich hatte nur Mitesser.

Ich setzte mich auf. Ich war draußen nicht mehr gern lang an einem Fleck. Tschernobyl war daran schuld. In der Schule hatten sie uns direkt nach dem Reaktorunglück beigebracht, dass es in Ordnung wäre, an der frischen Luft zu sein, wenn wir nicht zu lange an der gleichen Stelle blieben. Die Radioaktivität, hieß es, könne uns dann weniger anhaben. Unseren Wandertag hatten wir deswegen alle auf dem Fahrrad verbracht. Wir waren mit der Klasse am alten Kanal entlanggeradelt und hatten nicht angehalten. Das hatte ich nicht vergessen. Salat aß ich seitdem auch nicht mehr gern. Ich fand es schwierig zu begreifen, dass etwas, vor dem man uns eben noch gewarnt hatte, nun nicht mehr verstrahlt sein sollte.

Pilze und Waldbeeren fielen, nachdem unsere Biologie-Lehrerin uns vor der radioaktiven Wolke, die über Bayern abgeregnet war, gewarnt hatte, auch flach. Der Boden sei, sagte sie, noch auf Jahrzehnte mit Cäsium verseucht. Eigentlich hatte ich ja gerade überlegt, Vegetarierin zu werden, aber ich wusste langsam nicht mehr, was man dann überhaupt noch essen konnte. Ich stupste Lotte an. »Los«, sagte ich, »wir holen uns ein Eis.«

Die Flaniermeile des Badeorts war von kleinen roten Backsteinhäuschen gesäumt, deren verstrubbelte Dächer aussahen, als müssten sie dringend mal gegossen werden. »Reet«, sagte ich fachkundig zu Lotte. Und Lotte zog die Nase kraus und fragte: »Ob das dicht hält bei Regen?«

Bei einem italienischen Eissalon holten wir uns je eine Kugel Vanille-, Erdbeer- und Schokoladeneis und setzten uns auf eine weiß lackierte Bank am Rand der Fußgängerzone. Damen mit wehenden Strandkleidern promenierten über den hellen, wie poliert wirkenden Steinboden und verschwanden durch die weit geöffneten Türen der Boutiquen. Zwei junge Frauen mit hoch aufgetürmten Haaren stöckelten in Stretchminiröcken an uns vorüber, sie hielten sich an ihren Handtäschchen fest, ihr Schmuck klimperte im Wind. Wir sahen uns an. »Die benutzen hundertpro Haarspray mit FCKW«, sagte Lotte kopfschüttelnd und nagte am Rand ihrer Eiswaffel. Und ich fügte hinzu: »Wahrscheinlich tragen die noch Pelz.«

Julian und Melanie bemerkte ich zuerst. Sie kamen aus einem kleinen Laden, dessen Eingang hinter aufgeblasenen Schwimmreifen, Körben mit riesigen, künstlich aussehenden

Muscheln und quietschenden Ständern mit Postkarten versteckt war. Melanie lachte über irgendetwas, sie drehte sich
im Laufen zu Julian zurück und er biss ihr in den Hals.

Es war so schnell gegangen, dass ich mir nicht sicher war,
ob ich das richtig beobachtet hatte. Ich drehte mich zu Lotte
hinüber, aber sie drückte ganz konzentriert mit der Zungen-
spitze das Eis tiefer in ihre angeknabberte Waffel und schien
nichts gesehen zu haben. Gerade wollte ich etwas sagen,
aber da hörte ich Melanie meinen Namen rufen. Und Lotte
blickte auf und sagte: »Guck mal, wer da ist!«

Als wir wenig später zu viert über die Strandpromenade
spazierten, lief Julian zwischen Melanie und Lotte. Er hielt
zu beiden den gleichen Abstand, er lachte beide an, nichts
deutete darauf hin, dass er Melanie irgendwie näherstand.
Die Hände hatte er in den Hosentaschen seiner zerfetzten
Jeans vergraben, der Wind drückte die »Atomkraft – nein,
danke!«-Aufschrift seines verwaschenen T-Shirts gegen seinen Oberkörper. Im Sonnenlicht glänzten die Härchen auf
seinen Unterarmen rötlich und golden. Zum ersten Mal bemerkte ich das geflochtene Freundschaftsband, das er am
linken Handgelenk trug. Melanie hatte ein paar ganz ähnliche Bänder an beiden Armen. Andererseits konnte man die
hier überall kaufen, die waren gerade *in,* das musste noch gar
nichts bedeuten. Ich lief ein bisschen schneller und versuchte
dabei, möglichst nah an Melanies Nacken heranzukommen.
Aber ich konnte dort weder Zahnabdrücke noch Knutsch-
flecken entdecken.

Ob wir denn unsere Kurtaxe bezahlt hätten, fragte Melanie, als wir gemeinsam vor der Konzertmuschel stehen blie-

ben: »Seid ihr brave Inselgäste?« Lotte und ich schüttelten verwirrt die Köpfe und sahen uns um. Es war die Grenze vom späten Nachmittag zum frühen Abend. Das Licht war wärmer geworden und unten am Strand warfen die Sonnenschirme immer längere, dünnere Schatten. Auf der Bühne standen Stühle und Notenständer hinter Rabatten von weißen und rosafarbenen Geranien. Auf einem Ständer am Rand flatterten ein paar eingeklemmte Notenblätter in der Brise, die vom Meer heraufwehte. Ein kleines Leselicht brannte am Dirigentenpult, alles sah aus, als würde gleich ein Konzert losgehen, aber das Orchester war nirgends zu sehen. Auch die Sitzreihen auf dem großen Vorplatz waren noch leer. Niemand hielt an, alle waren in Bewegung. Die ersten Kurgäste hatten sich schon für das Abendessen in ihren Hotels schick gemacht, sie schlenderten Arm in Arm zu den Ausgabestellen für das Heilwasser. Ihnen strömten die sandverkrusteten Badegäste entgegen, die in einer Prozession die steil gemauerten Treppen vom Strand erklommen. Beladen mit Bocciakugeln, feuchte Handtüchern und erschlafften Luftmatratzen bahnten sie sich ihren Weg zum Parkplatz. Wir durchquerten den Laufstrom und schwangen uns an der Rückseite der Konzertmuschel auf eine gemauerte Brüstung. Hier saßen wir hoch, wir konnten mit den Beinen baumeln und weit sehen. Ich fühlte mich wie auf einem Leuchtturm. Ein paar Meter von uns entfernt schoben ein paar ältere Herren kindsgroße Figuren über die schwarz-weißen Steinfelder eines riesigen Schachbretts. Wenn ich mich ein wenig seitwärts bog, konnte ich die leicht geschwungene Linie der Promenade verfolgen, die sich in der Ferne zwischen den Terrassen der Strandhotels und den Dünen verlor.

»Zigarette?«, sagte Melanie und klopfte ein Päckchen an der Kante der Brüstung aus. Meinem Vater hatte ich noch vor zwei Jahren mit Kugelschreiber Totenköpfe auf die Schachteln seiner weißen Kent gemalt. Ich hatte so Angst gehabt, dass er krank werden und plötzlich sterben könnte. Jetzt nickte ich nur und ließ mir von Julian Feuer geben. Ich hatte gelernt, wie man zog ohne zu husten. Sogar selber drehen konnte ich inzwischen. Mir schmeckten Zigaretten nicht, aber meine älteren Freunde standen in der Schulpause fast immer in der Raucherecke. Ich genoss es, wenn sie mich zwischen sich versteckten, weil die Lehrer mich dort nicht sehen durften. Dass auch Lotte eine Zigarette nahm, überraschte mich. Ich hielt mich bereit, um ihr bei einem Hustenanfall auf die Schulter zu klopfen. Aber sie lächelte Julian an und zog und lächelte danach immer noch.

»Letztes Jahr war hier der ganze Strand voller Algenschaum«, sagte Julian und aschte in einen kleinen metallenen Klappbecher, den er aus seiner Hosentasche gekramt hatte. »Die Braunalge war das, hat geblüht wie der Teufel und dann kamen noch Starkwinde. Am Schluss ist hier fast das Meer gekippt, voll die Sauerstoffarmut, oberätzend war das.« Melanie nickte. In Norwegen, ergänzte sie, hätte sich das ja noch erklären lassen, all diese überdüngten Fischfarmen seien schuld, dieser bescheuerte Räucherlachs, den man in jedem Supermarkt kaufen könne. Aber hier. »Könnt ihr euch das vorstellen«, sagte Julian und ließ mit einem wütenden Schwung die Fersen seiner Sneakers an der Mauerwand abprallen, »Millionen Jahre ökologisches Gleichgewicht und der Mensch schafft es und macht das alles kaputt.«

Lotte schüttelte den Kopf und schnaubte empört, aber ich schwieg. Ich blies den Rauch über die Köpfe der unten am Strand zusammenpackenden Badenden hinweg, dem Meer entgegen. Noch im letzten Sommer war ich in einem Kinderkurheim auf Föhr gewesen. Ich hatte den Algenschaum gesehen. Wir hatten mit ihm gespielt. Wie überquellender Eischnee war er uns vorgekommen oder wie der überkochende Hirsebrei aus dem Märchen mit dem Zaubertopf. Man hatte diesen Schaum herrlich mit den Gummistiefeln in Fetzen reißen und über den Strand kicken können. Den kleineren Kindern hatten wir erzählt, dass das Haifischspucke war. Die hatten dann mit ängstlichen Blicken die Meeresoberfläche nach Flossen abgesucht und sich nicht mehr an die Schaumwolken herangetraut. Ich selbst hatte natürlich gewusst, dass das keine Haifischspucke war. Aber Gedanken darüber, was der Schaum wirklich bedeutete, oder was er für Folgen haben könnte, hatte ich mir auch nicht gemacht. Ich war darauf gar nicht gekommen.

»Und dann noch das Robbensterben«, fuhr Julian fort. »Keiner konnte sich das erklären. Überall die toten kleinen Körper, die an den Inselstränden angespült wurden. Die mussten wir dann ...« Seine Stimme verlor sich. Hinter uns war ein Schaben, im Bauch der Konzertmuschel begann es zu rumoren. Das Geklapper von Notenständern war zu hören, das gedämpfte Zurechtrücken von Stühlen. Gerade wollte ich mich darüber wundern, dass die Musiker schon kamen, obwohl die Zuschauerbänke noch leer waren, aber dann verstand ich. An einem Ort wie diesem wartete das Publikum nicht auf das Orchester. Es würde schon kommen, wann immer die Musik begann.

»Quecksilber«, sagte Melanie und Lotte und ich sahen sie fragend an. Julian deutete auf den Strand. »Schwermetalle im Badeschlick. Blei, Nickel, Cadmium, die Kieler testen das grade.« Wir sahen auf die Badegäste herunter, auf die glitzernden Sandpartikel in ihren Haaren, die Salzwasserspuren auf ihren nackten Gliedern. Meine Haut spannte. Ich hatte mich nach dem Schwimmen nicht geduscht. »Da muss man echt was tun«, sagte Melanie. »Das geht alles nicht mehr lange gut.«

Ich spürte, wie meine Wangen zu brennen begannen. Ich schämte mich. Für das Badengehen, die Sonne, das Eis. Ich schämte mich für das Urlaubsgefühl, das ich vorhin gehabt hatte. Wir waren schließlich zum Arbeiten hier. Es passte mir nicht, dass wir heute noch nichts wirklich Sinnvolles getan hatten. Nachher, beschloss ich, würde ich mit Lotte noch ein paar Vogelarten auswendig lernen. Vielleicht konnten wir auch einen Flyer für unsere Anti-Kriegskampagne entwerfen, die wir in der Schule starten wollten. Oder ein paar Ladenbesitzern, die hier im Winter bestimmt Nerzmäntel verkauften, ins Gewissen reden. Oder endlich mal herausfinden, wann sich bei uns daheim in der Stadt die Antifa-Gruppe traf, von der wir immer wieder gehört hatten. Es gab so viele Dinge, gegen die man etwas unternehmen musste, manchmal wurde mir davon ganz schwindelig. Die Umweltverschmutzung. Die Armut in der Dritten Welt, der Hunger. Das Waldsterben, die Massentierhaltung, die Nazis. Der

Treibhauseffekt. Die Atomwaffen, der Kalte Krieg. Die Sache mit dem Regenwald. Wo sollte man denn da anfangen.

»Was ist eigentlich mit dem Militärflughafen hier«, fragte Lotte. »Ist der aktiv?« Melanie nickte und deutete vage in Richtung Norden. »Marine, Fliegerlehrgruppen«, sagte sie. Ich biss mir auf die Lippe. Militärflugzeuge waren mir immer unangenehm, egal ob sie von der Bundeswehr, den Amis oder sonstwem stammten, das war nicht erst seit Rammstein so. Die Möglichkeit eines Atomkrieges machte mir Angst. Dass mal eben Nuklearwaffen aus der Luft abgeworfen werden konnten, fand ich gruselig. Der Ethiklehrer in der Schule hatte uns eingeschärft, dass wir im Ernstfall sofort auf die Straße rennen sollten, damit uns die Explosion möglichst sicher erwischte. »Glaubt mir«, hatte er gesagt und uns Bilder von Hiroshima und Nagasaki gezeigt, »so etwas wollt ihr gar nicht überleben.«

Hinter uns begann das Orchester zu spielen. Eine fröhliche Notenfolge war das, die sich immer höher in die Luft hinaufschwang und sofort die Stimmung auf der ganzen Promenade veränderte. In den Hotels öffneten sich die Fenster. Die Balkone füllten sich mit Kurgästen, direkt unter uns griffen sich zwei kleine Mädchen an den Händen und hopsten im Sand auf und ab und selbst vorne am Meeresrand blieben die barfüßigen Spaziergänger in den Ausläufern der Brandung stehen und drehten sich in Richtung der Musik. Ich war mir nicht sicher, von wem das Stück war, aber ich tippte auf Mozart. Seitdem ich im Kino die Amadeus-Verfilmung gesehen hatte, war ich zwar eigentlich eher für Salieri, aber etwas an der Melodie brachte mich zum Lächeln. Sogar die

Herren am Schachbrett wirkten fröhlicher, einer von ihnen lachte gerade so laut auf, dass wir ihn durch die Musik hindurch hören konnten. Neben mir begann Lotte mitzusummen, sie verlagerte ihr Gewicht und lehnte sich ein bisschen näher an Julian heran. Ich fing Melanies Blick auf. Sie zwinkerte mir zu.

Hiller und Sebald schliefen, als wir im Finsteren unsere Fahrräder zur Station zurückschoben. Auch Fräulein Schmidt war wohl schon im Bett. In keinem der Zimmer brannte Licht, das ganze Haus lag im Dunkeln, selbst der Bewegungsmelder schlug nicht an.

Wir kamen über den Parkplatz am Hafen. Der Bungee-Kran thronte still auf der noch warmen Asphaltfläche. Die Lackierung des Krans warf das Mondlicht zurück, seine Silhouette schimmerte und erlosch im Rhythmus der vorüberziehenden Wolken. Dahinter wirkte die Vogelstation fast tot, ihre Fensterflächen verweigerten sich der Spiegelung, es gab keine Raumperspektive, nur eine störrische, gedrungene Fläche, die sich wie eine stumpfe Schallwand vor das Meer geschoben zu haben schien.

Wir blieben stehen und betrachteten schweigend das dunkle Etwas vor uns. Keiner von uns schien besonders große Lust zu haben, die Station zu betreten. »Bevor du fährst, machen wir eine Abschiedsparty für dich«, sagte Melanie schließlich zu Julian. Und ich hätte schwören können, dass sie, als sich mit dem nächsten Windstoß eine Wolke vor den Mond schob, im Halbdunkel seine Hand nahm und drückte.

Im Haus versuchten wir, leise zu sein. Melanie huschte zu Fräulein Schmidt ins Zimmer, Lotte zog vorsichtig die knarzende Toilettentür hinter sich zu und Julian tippte sich wortlos mit der Handkante an die Stirn und verschwand in seinem Zimmer. Er hatte als Einziger ein volles Jahr auf der Station verbracht und durfte, obwohl der Professor sonst keine Einzelzimmer erlaubte, ganz allein die winzige, etwas tiefer gelegene Kammer neben dem Ausstellungsraum bewohnen.

Ich schlich auf Zehenspitzen in die Küche, um mir ein Glas Leitungswasser zu holen. Als ich den Hahn aufdrehte, grollte es in den Wänden, das Ventil begann zu spucken und zu fauchen. Einen Moment lang zitterte der ganze Hahn, bis das Wasser so gleichmäßig lief, dass ich es in mein Glas rinnen lassen konnte. Ich lehnte mich mit dem Rücken gegen die Spüle und trank. Das Wasser war lauwarm und schmeckte rostig. Die Küchendecke hatte einen Riss, den ich vorher noch nie gesehen hatte. Um die nackte Glühbirne herum schwirrten ein paar Fliegen.

Den Umschlag auf dem Tisch entdeckte ich, als ich gerade das Licht ausmachen wollte. Ich erkannte die Schrift, die eckigen Buchstaben, die sich zu meinem Namen zusammenfügten. Ich stellte das Wasserglas auf der Anrichte ab und riss das Kuvert auf. Ein kleiner, karierter Zettel war darin, er roch ein wenig nach Tabak. *Die Tochter des Landvogts geht gern in die Dünen,* stand da in den Karokästchen. *Es spukt dort.*

Ich drehte den Zettel in den Händen hin und her. Plötzlich schlug mein Puls schneller. *Landvogt.* Das Wort erinnerte mich an etwas. Ich war mir sicher, dass ich es von irgendwoher kannte. Mit dem Zettel in der Hand lief ich in den Ausstellungsraum. In einem niedrigen, leicht schief zusammengezimmerten Holzregal, auf dessen Oberfläche zwei ausgestopfte Austernfischer thronten, standen Vogelbestimmungsbücher, ein Duden und die Komplettausgabe des Brockhaus. Ich setzte mich mit gekreuzten Beinen auf die Dielen und zog Band 3 J-NEU aus dem Fach.

Den Eintrag hatte ich schnell gefunden, aber er sagte mir nichts. Dass Landvögte im Deutschen Reich vom König bestellte Verwaltungsbeamte waren, half mir nicht weiter. Ich rieb mir die Augen. Ich hatte auf Querverweise zu Büchern oder Filmen gehofft. Ich war mir sicher, dass ich das Wort von einem Buchtitel her kannte. Allerdings von einem Buch, das ich nicht gelesen hatte. Damals hatte das Wort mich abgeschreckt, daran erinnerte ich mich. Ich hatte es langweilig gefunden und war mit meinem Finger weitergeglitten, über andere Buchrücken hinweg. In unserer Städtischen Bücherei musste das gewesen sein, in den verschlungenen Backstein-Gängen und Sälen unserer alten Bibliothek, nicht in dem neumodisch engen, zugestapelten Leseraum unserer Schule.

Ich schloss die Augen und stellte mir vor, wie ich die Eingangshalle der Bibliothek betrat. Wie es dort roch, nach Linoleumboden und Druckerschwärze und dem Vanillinduft von vergilbendem Papier. Ich versuchte mich in den Raum hineinzudenken, in das Sirren der Neonlichtröhren, die wegen der verwinkelten Regalgänge immer angeschaltet waren, auch wenn draußen die Sonne schien. Ich musste mich konzentrieren. Ich musste mich an den Satz erinnern, an den ganzen Satz, nicht an das Wort. Es war ein bisschen wie beim Blindschach: Es war wichtig, dass ich das ganze Spiel, den ganzen Satz vor meinem inneren Auge sah. Dass ich den Überblick behielt. Irgendwo auf diesen Holzregalen war der Satz zu finden. Ich lief an einem Regal entlang, die Fingerspitzen auf bunten Buchrücken. Und da hatte ich es. *Der Landvogt von Greifensee. Von Gottfried Keller.*

»Hah!«, rief ich. Ich öffnete die Augen. Ich schnappte mir einen der Buntstifte, die neben den Vogel-Malblöcken für die Kinder bereitlagen, und schrieb den Namen auf die Rückseite des karierten Zettels. *Gottfried Keller.* Einen Umschlag hatte ich nicht, also nahm ich das aufgerissene Kuvert. Ich strich meinen eigenen Namen durch und schrieb HILLER darunter. Vor der Tür zu Hillers und Sebalds Zimmer hielt ich kurz inne und lauschte. Das leise Schnarchen vermischte sich mit dem rhythmischen Schnarren der Zikaden, das durch das geöffnete Flurfenster aus dem Garten hereindrang. Ich bückte mich und schob den Umschlag durch den dünnen Spalt zwischen Boden und Türunterkante.

Später saß ich auf meiner Liege und betrachtete zweifelnd meine nackten Beine. »Wie schädlich ist eigentlich Quecksilber?«, fragte ich Lotte, die im T-Shirt auf einem Stuhl herumbalancierte und sich vor einem spiegelnden, hoch oben lagernden Aluminiumeimer Niveacreme ins Gesicht schmierte. Sie überlegte. »Also, essen sollte man es wahrscheinlich nicht«, sagte sie.

Ich nickte. Meine Oma hatte mir erzählt, dass ihr einmal ein Fieberthermometer zerbrochen war. Merkwürdige blaue Kügelchen waren da, sagte sie, durch die Wohnung gerollt.

Ganz sonderbar hätten die sich bewegt. »Fast geschwebt sind die«, hatte meine Oma gesagt. Auf meinen Beinen zumindest konnte ich zwar nichts Blaues oder Kugelhaftes erkennen. Trotzdem juckte, als wir das Licht gelöscht hatten und in unseren Schlafsäcken lagen, meine Haut.

Ich drehte mich auf den Rücken und blinzelte in die Dunkelheit hinein. Das helle Papier unserer Vogelbilder an den Wänden fing das wenige Licht, das von draußen hereinfiel. Ich kniff die Augen zusammen und versuchte, die Zeichnungen zu erkennen. Aber die Umrisse der Stiftlinien waren zu schwach, ich sah nur die weiße Blätterfläche, die sich über das Mauerwerk zog wie ein zerfleddertes Gespenst.

Ich lauschte auf Lottes Atemzüge und fixierte die Zeichnung im oberen rechten Eck. Ich glaubte zu wissen, welcher Vogel dort hing. »Graubraune Kopfplatte«, flüsterte ich. »Weiße Brust, schwarzes Hals- und Kopfband.« Lotte raschelte in ihrem Schlafsack und murmelte: »Sandregenpfeifer.« Ich hörte, wie sie sich auf ihrer Liege umdrehte. »Abwärts gebogener Schnabel, braunes Federkleid?«, fragte sie. »Ziemlich groß.« Ich lächelte. »Großer Brachvogel«, sagte ich. Gerade wollte ich mich auch aufsetzen und sie fragen, wie wohl ein Seelenvogel aussähe. Aber plötzlich brachte ich das Wort nicht über die Lippen. Etwas daran machte mich traurig. Ein Seelenvogel, dachte ich. Ein Seelenvogel, der wäre sicher ganz schwarz.

»Glaubst du wirklich, dass das Meer kippt?«, fragte ich stattdessen leise. Einen Moment lang blieb es still. Wir konnten das Ticken von Lottes Armbanduhr hören, irgendwo draußen rief ein Käuzchen. Oder eine Eule. »Nein«, flüsterte

Lotte. »Wir machen ja was.« Ich nickte und wälzte mich zur Seite.

Morgen würde ich Vögel bestimmen und zählen und verzeichnen. Oder ich würde Kurgästen beibringen, dass sie sich bei den umherwandernden Brandgans-Familien nicht mit ihren Fotoapparaten zwischen die Jung- und die Altvögel stellen durften. Ich würde Nestflüchter bei der Flut zum Watt tragen, wie es sich gehörte. Oder ich würde Flugrouten von den Millionen von Zugvögeln ausrechnen, die jährlich durch das Wattenmeer zogen, auch wenn ich nicht so ganz verstand, was das bringen sollte. In jedem Fall aber würde ich etwas tun für die Welt. Auch wenn mir noch nicht so ganz klar war, was.

»Ja«, murmelte ich und zog meinen Schlafsack enger um mich. »Wir machen Sinn.«

In den Himmel geschrieben

Die Kinder gafften mich an. Sie standen dicht beieinander, die Gesichter voller Sommersprossen und milchiger Sonnencremeschlieren, die nackten Füße zwischen Krebsschalen und Muschelsplittern im Spülsaum vergraben. Hinter ihnen strahlten die Dünen in der Sonne wie Weißgold. Ich musste meine Augen beschirmen, um die Kinder überhaupt sehen zu können. Ein Mädchen mit blonden Zöpfen hatte ihre Arme verschränkt und kaute mit offenem Mund auf ihrem rosafarbenen Kaugummi herum. Sie wirkte nicht, als würde sie mir glauben.

»Doch«, rief ich und spürte, wie mir der Schweiß in den Achselhöhlen ausbrach, »das ist so bei Brandgänsen, genau so!« Ein kleiner Junge fing an zu weinen. Es war kein schönes Weinen. Sein ganzes Gesicht verzog sich und aus seiner Nase tropften die Rotzblasen direkt auf den Boden. »Ich sage doch nur«, stammelte ich, »dass es nichts ausmacht, dass die Eltern ihre Kinder nicht wiedererkennen. Weil die Jungvögel sich dann einfach zusammenschließen. Das ist wie ein riesiger Kindergarten!« Jetzt stimmten noch drei weitere Kinder in das Geheul mit ein. Eines von ihnen deutete anklagend auf das Brandgans-Pärchen, das hinter mir in einem Priel gründelte. Die beiden Gänse ließen sich nicht weiter irritieren, sie sahen kurz hoch, ruckten ihre Köpfe ein wenig hin und her und drehten den Kindern ihre weißen Bürzel zu. Das Schluchzen wurde lauter. »Aber die Kinder erkennen ihre

Eltern doch auch nicht wieder, denen macht das gar nichts aus«, setzte ich nach. »Das sind Nestflüchter, wie die Kiebitze und die Rotschenkel!« Das Mädchen mit den Zöpfen streckte mir ihre vom Hubba Bubba umspannte Zunge heraus.

Mein Blick flog hilfesuchend zu dem glatzköpfigen Betreuer. Der lächelte mir abwesend zu und schob etwas, das verdächtig nach einem Flachmann aussah, zurück in seine Jackentasche. »Tante?«, fragte ein Junge aus der hinteren Reihe. Er hatte den Arm hochgereckt und schnipste wild mit den Fingern in der Luft herum. Ich warf ihm einen empörten Blick zu, *Tante*, aber er ließ sich nicht beirren. »Tante, wie tief graben sich die Wattwürmer ein?« Ich hatte nicht die geringste Ahnung. »Zehn Zentimeter«, sagte ich. Ein anderer, älterer Junge holte ein zerknittertes Blatt aus seiner Hosentasche. Er fuhr mit seinem Finger über die Seite und runzelte die Stirn. Dann nickte er bestätigend. »Stimmt«, sagte er. Mir brach gleich wieder der Schweiß aus. Der Junge griff sich hinter das Ohr, zog einen Stift hervor und kreuzte etwas auf seinem Blatt an. Die anderen Kinder hörten auf zu weinen und kramten in ihren Taschen und bunten Miniatur-Rucksäcken. Sie reichten sich Stifte weiter und hakten etwas ab. Die, die noch nicht lesen konnten, ließen sich von den Älteren zeigen, welches Kästchen sie ankreuzen mussten.

»Nicht, dass Sie denken, wir wollten Sie testen«, sagte der Betreuer, der jetzt näher an mich herantrat und dessen Atem definitiv roch wie der Rumkuchen meiner Oma. »Ich dachte nur, ein bisschen Vorbereitung könnte nicht schaden. Da habe ich mal ein paar Fakten zusammengetragen.« »Sicher«, nuschelte ich und sah panisch auf meine Uhr. Vierzig

Minuten noch. »Tante, wie viele Eier legt eine Silbermöwe?«, las ein Mädchen im neongrünen Kleid von ihrem Zettel ab. Ich tat so, als hätte ich sie nicht gehört. Schnell trat ich zwei Schritte vor und zupfte einem der Kinder sein zerknittertes Blatt aus der Hand. »Ist ja spannend«, flötete ich und lächelte dem Betreuer zu, »dann wollen wir mal sehen, ob Ihre Fakten stimmen.«

Eigentlich hätten wir bei dieser Führung zu zweit sein sollen, aber Lotte musste den Inselquerschnitt wieder aufschütten. In der Nacht war jemand in den Garten der Station eingedrungen und hatte die sorgsam nachgeahmte Dünenlandschaft zerstört. Die kleine Vordüne war plattgetrampelt worden, das aus Ton gefertigte Mini-Kliff lag zertrümmert auf dem Rasen und die Bergsandglöckchen auf der eingedellten Graudüne waren völlig zerfleddert. Nur der Braundüne hatte der Angreifer nicht viel anhaben können. Das Torfmoos sah genauso angegilbt und zerrupft aus wie vorher.

»Rehe«, hatte Julian gesagt, als wir am Morgen vor dem zerstörten Modell standen. Hiller hatte sich über den Bart gestrichen, den Kopf gewiegt und gesagt: »Wildsäue.« Und Fräulein Schmidt hatte ihre dünnen Lippen zusammengekniffen und gezischt: »Die Dorfjugend.«

Ich hatte mich darauf gefreut, bei der Führung die Insel anhand des Querschnitts erklären zu können. Lotte und ich hatten sogar überlegt, ob man den historischen Sandflug, der die Inselform während der Kleinen Eiszeit verringert hatte, mit einem Föhn nachstellen konnte. Leider war bei unserem Testlauf das Verlängerungskabel nicht lang genug gewesen.

Jetzt führte ich die hinter mir hertrabende Kindergruppe allein über den schmaler werdenden Strand zum Deich zurück. Lotte und Julian waren zusammen losgezogen, um neue Krähenbeeren und Silbergras in den echten Dünen auszubuddeln. »Kann eine von euch mir beim Reparieren helfen?«, hatte Julian gefragt und ich hatte Lotte nicht einmal ansehen müssen, um ihren flehenden Blick zu verstehen.

Auf einer Biegung des Deiches hielt ich an. Vor uns zog sich der Meeresspiegel bis zum Horizont und tauchte dort nahtlos in den Himmel hinein. Die Flut trieb die Seevögel vor sich her. In riesigen Wolken schwärmten sie über der Schnittkante der Brandung herum und wechselten mit jeder Änderung der Flugrichtung ihre Farbe. Austernfischer flogen in weit schwingenden Trillerflügen über unsere Köpfe hinweg, und hinten am Dünenkliff kreischten Küstenseeschwalben in den Windkanälen der Nehrung. Wäre ich alleine hier gewesen, ich hätte versucht, sie zu zählen. Hinter mir begannen ein paar Kinder über eine Muschel zu streiten. Ich atmete durch und wandte mich ihnen zu.

»Wisst ihr eigentlich, dass hier das Wrack von einem Piratenschiff auf dem Meeresboden liegt?«, fragte ich. Sofort wurde es still. Der Betreuer warf mir einen dankbaren Blick zu. Ich trat noch ein bisschen näher an die Kinder heran. »Und«, wisperte ich, »eine irrsinnige Frau geht in den Dünen um. Es spukt dort.«

Lottes Wangen waren zu rot. Ich sah es schon vom Gartenzaun aus. Sie kniete am äußeren Ende des Inselquerschnitts auf dem Rasen und zupfte die Teichfolie zurecht, die unser

Meerwasser vom Versickern abhalten sollte. »Was ist los?«, rief ich ihr zu. Sie schüttelte den Kopf. Ihre Augen hatten einen merkwürdigen Glanz. Ich schwang mich über den Zaun und setzte mich neben sie ins Gras. »Rote Tante zu Besuch?«, fragte ich.

Lotte hatte ihre Periode erst seit einem Jahr. Sie hatte sie mitten in der Deutschstunde bekommen und ich hatte ihr auf dem Schulklo gezeigt, wie man sich aus Klopapier eine Damenbinde basteln konnte. Dass sie ihre Tage bekommen hatte, hatte ich ihr zum Glück nicht mehr erklären müssen. Ich hätte dafür gar nicht die richtigen Worte gefunden. Meine Oma nannte es den *Fluch*, aber das war mir zu finster. Von wem wir die Formulierung mit der Roten Tante hatten, wusste ich hinterher nicht mehr. Vielleicht hatten wir die uns auch selbst ausgedacht. Sie war, fanden wir, nicht ganz so beschämend. Und sie hatte etwas Verschwörerisches, das wir uns zuflüstern konnten, wenn wieder eine von uns mit gekrümmtem Oberkörper über ihrem Schulpult hing. Manchmal waren wir auch gleichzeitig dran und durften dann beim Schwimmunterricht zusammen auf der Bank sitzen und den anderen beim Turmspringen zusehen. Das fand ich gut, es war nicht ganz so unangenehm, wie wenn man da alleine saß und alle, vor allem die Jungs, wussten, warum.

Lotte senkte den Kopf und ließ ihre Haare über ihr erhitztes Gesicht fallen. »Nee. Julian«, murmelte sie hinter dem Vorhang aus Locken. »Hab ihn beim Pinkeln erwischt, in den Dünen. Ich dachte, er will mir was zeigen, und bin ihm nach. Da hab ich ihn gesehen. Mit offener Hose!«

Ich boxte sie in die Seite. »Hey, der wollte dir wirklich

was zeigen«, grinste ich, »nur eben was anderes als du dachtest!« Aber ich tat nur so souverän. Außer meinem Bruder hatte ich auch noch keinen Mann nackt gesehen, nicht einmal meinen Vater. Mich strengte das an. Meine Unerfahrenheit wurde mir mit jedem Tag lästiger. Mit fünfzehn sollte man, fand ich, doch langsam keine Jungfrau mehr sein. Das war mit vierzehn noch in Ordnung gewesen, aber allmählich wurde es kritisch. Wir waren zu schüchtern, wir waren zu behütet. Lotte hatte noch nicht einmal einen Jungen geküsst. Das immerhin hatte ich ihr voraus. Es gab einen Typen aus der Parallelklasse, mit dem ich ab und zu zum Knutschen in ein nahe gelegenes Wäldchen ging. Er wollte mich unbedingt entjungfern, aber ich sparte mich für den Jungen auf, den ich wirklich haben wollte. Der allerdings war zwei Jahrgänge über mir und nahm mich überhaupt nicht wahr. Das war auch der Grund, warum ich begonnen hatte, mir alle meine Klamotten schwarz umzufärben. Wenn ich mich, mutmaßte ich, genauso cool anzog wie er, würde er mich vielleicht bemerken. Ich hatte auch angefangen, mich in seinen Musikgeschmack einzuhören. Zwar hörte ich eigentlich lieber die Klassikplatten, die meine Mutter in unserem Wohnzimmer stapelte, aber er war Waver. Joy Division und Bauhaus fand ich schon mal gar nicht so schlecht. Ich merkte mir Textzeilen aus den Songs und schrieb sie im Chemiesaal mit Bleistift auf meine Tischplatte. *Go and look for the dejected once proud*, schrieb ich und: *He's a god in an alcove*. Ich wusste, dass er in seinen Chemiestunden auf meinem Platz saß, aber bisher hatte er noch nicht reagiert. Das bereitete mir Kopfzerbrechen. Mir war ein völliges Rätsel, wie ich ihn ansprechen

sollte. Wenn ich ehrlich war, hoffte ich, dass er einfach zweimal sitzenbleiben und dann in meiner Klasse landen würde.
Andererseits wäre er dann wahrscheinlich ziemlich dumm.

»Und wie ist Julians Ding so?«, wollte ich wissen. Lotte
druckste ein wenig herum und bohrte mit ihrem großen Zeh
eine Miesmuschel tiefer in den Sand der Vordüne. »Dünn«,
sagte sie schließlich und hob ihren Blick. Sie sah überrascht
aus. Auch mich verblüffte das Wort. Einen Moment lang
schwiegen wir beide. Eine Hummel flog an uns vorüber und
landete mit ihrem schweren Körper auf der rosafarbenen
Blüte einer Pflanze, die ich noch nicht kannte. »Glocken-
heide«, sagte Lotte. Ich zupfte einen Halm von der Sandegge
aus und steckte ihn mir zwischen die Zähne. »Hat er dich
denn bemerkt?«, fragte ich kauend. Sie nickte. Wir sahen
zum Haus hinüber. Hinter dem Fenster des Ausstellungsraums glaubte ich, durch die aufgeklebten Vogelsilhouetten
hindurch Julians Umriss zu erkennen. Er stand dicht hinter
der Glasscheibe und schien uns zu beobachten. Ich spürte,
wie auch mir das Blut ins Gesicht stieg.

»Die Damen«, sagte jemand hinter uns und wir zuckten
zusammen. Hiller sah auf uns herab. Seine Augenbrauen
und der graue Vollbart wirkten aus dieser Perspektive noch
buschiger als sonst. Die Sonne fiel steil von oben auf ihn
herunter und zum ersten Mal sah ich die grauen Strähnen,
die seine schwarzen Haare wie Silberfäden durchzogen. Er
trug eine dunkelblaue Strickjacke, aber er schien nicht zu
schwitzen. »Der Landvogt von Greifensee«, sagte er zu mir,
»ist zwar von Gottfried Keller. Fünf Frauen kommen darin
vor, einige mögen irrsinnig sein. Aber in den Dünen wan-

delt keine.« »Mist«, sagte ich. Lotte blickte verwundert von Hiller zu mir.

»Haben Sie trotzdem Zeit für eine Himmelsstunde?«, fragte Hiller mich. »Ja«, rief ich und sprang auf. Dann blickte ich etwas schuldbewusst zu Lotte herab. Ich wollte sie nicht allein lassen. Aber mitnehmen wollte ich sie, wenn ich ehrlich war, auch nicht. »Schon okay«, sagte Lotte und ließ eine Handvoll Sand durch ihre Finger rieseln, »ich mach hier mal weiter.« »Dann darf ich bitten«, sagte Hiller und reichte mir seinen Arm. »Nur wenn Sie kein Landvogt sind«, sagte ich. Und versuchte, mich einzuhaken als wäre ich es gewohnt.

Hektisch schlagende Flügelschwingen durchzitterten mein Blickfeld, ich konnte kaum etwas erkennen, alles wackelte und ruckte. Fast glaubte ich, das Knistergeräusch des weißen Rauschens zu hören, das manchmal aus unserem großen Fernseher im Wohnzimmer kam. Aber dann verschob sich etwas. Ich spürte Hillers Hand, die sich warm auf meine legte, das Fernglas um wenige Millimeter von meinen Augen entfernte und durch eine geschickte Drehung die Schärfentiefe einstellte. Da sah ich sie.

Es waren Hunderte. Sie waren weit draußen, dicht über dem Meer. Sie schossen über die Wasserfläche hinweg, sie hoben und senkten sich, sie fächerten sich auf, zogen sich zusammen, schwangen sich höher hinauf und stürzten wieder abwärts. Ihr Gefieder schimmerte in der Sonne. Ich wagte kaum zu atmen. Ich hatte Angst, sie könnten mich bemerken. Obwohl ich so weit entfernt stand, hatte ich auf einmal das Gefühl, als wäre ich mitten im Schwarm. Alles oszillierte und glänzte um mich herum, ich spürte das Aufsteigen und Sinken in meinem ganzen Körper. Ich bog mich in eine Flugkurve mit hinein und verlor fast das Gleichgewicht.

»Limikolen«, hörte ich Hiller sagen. »Können Sie jemanden erkennen?« Ich versuchte, mich zu konzentrieren. Ich sah die hellen Bäuche, das dunklere Deckgefieder. »Schnepfen? Regenpfeifer? Knutts?«, riet ich. Dass die Knutts hier im Wattenmeer auf dem Durchzug ihr Gewicht verdoppelten, hatte ich gelesen. Und dass sie für die Weiterreise ihre Gestalt verändern konnten, sich für den langen Flug den Magen und die Beine verkleinerten und dafür das Herz und die Flügel vergrößerten. Das fand ich faszinierend. Lotte und ich hatten uns vorgestellt, wie praktisch das wäre: wenn wir im Sommer eine längere Zunge bekämen, um mehr Eis essen zu können. Oder uns im Winter einfach mal Fell auf den Händen wachsen lassen könnten, gegen die Kälte. Ich mochte die Knutts. Ich fand auch ihren Namen lustig. Aber wenn ich ehrlich war, hatte ich noch keinen von ihnen gesehen. Sie hatten, vermutete ich, den frühen Sommer erahnt und waren schon längst hoch oben in Grönland oder Alaska. »Ich weiß nicht genau«, sagte ich unsicher und setzte das Fernglas ab.

Ich brauchte einen Moment, um mich zu orientieren. Mir fehlten die Vögel um mich herum, ihre Bewegung. Alles war auf einmal so statisch. Der Teerdeich. Das hölzerne, angebaute Plateau, auf dem wir standen. Mein eigener, mit der Schwerkraft verankerter Körper. Mein Herumstehen kam mir auf einmal ganz furchtbar langweilig vor. Sehnsüchtig sah ich zu der Schwarmwolke hinauf. Mein ganzer Körper hatte, während ich durch das Fernglas blickte, zu kribbeln begonnen.

Ich wollte mitziehen können, mich loslösen, abheben. Fast hatte es sich angefühlt, als wäre Fliegen tatsächlich eine Möglichkeit. Als müsste ich mich einfach nur trauen. Probehalber spreizte ich meine Arme zur Seite und bewegte sie ein wenig auf und ab. Hiller beobachtete mich belustigt. »Fliegen Sie mir nicht weg«, sagte er. »Das sind Strandläufer, die werden sowieso gleich hierherkommen. Eigentlich halten sie sich bei Flut nicht über dem Wasser auf.« Er hatte recht. Die Wolke näherte sich. Schon hörten wir das Aufrauschen von Hunderten in der Luft schlagenden Flügeln.

»Es klingt ein bisschen wie das Umblättern von Buchseiten, finden Sie nicht?«, sagte Hiller. Ich schloss die Augen und versuchte, mich in das Geräusch hineinzuhören. Ich schüttelte den Kopf. Bücher klangen, fand ich, flacher, sie hatten nicht diesen Korpus, nicht diese Tiefe. Das Flügelschlagen hatte viel mehr Räumlichkeit. »Vielleicht wie bei einem dicken Buch?«, schlug ich vor. »Sie denken zu vereinzelt«, sagte Hiller. »Stellen Sie sich eine große Bibliothek vor, einen hohen Saal mit Holzvertäfelungen, und lassen Sie das Rauschen durch die Regale ziehen. Hunderte sich aufblätternder Bücher.« Ich musste lachen. Der Gedanke an so viele Bücher machte mich glücklich. Ich wollte die Augen wieder öffnen, aber da spürte ich Hillers Hand über meinen Lidern. Seine Haut war rau und roch nach Tabak. Der Ärmel seiner Strickjacke streifte meine Schläfe. »Und jetzt stellen Sie sich vor, die Vögel wären Buchstaben«, sagte er leise.

Ich atmete. Ich konnte hören, dass sie jetzt ganz nah waren. Das Brausen wurde lauter, nein, es wurde voluminöser, es blähte sich auf und bekam einen sirrenden Oberton und vor allem mehr Tiefe. Gleich mussten sie direkt über uns sein, ich fühlte schon die Kraft, mit der sie sich uns näherten, die Verwirbelung und Verdrängung in den Luftschichten. Dann war es so weit. Sie waren da. Ich spürte ihre Anwesenheit, hoch über uns. Und ich sammelte mich, ich stellte mir ihre Verwandlung vor. Unter meinen geschlossenen Augenlidern verformten sich die Flügelspitzen der Vögel zu Seriphen, die Biegungen ihrer Hälse wurden zu Vokalschwüngen, die Maserungen auf ihrem Gefieder zu Textschraffur. Sie bauschten sich hoch über unseren Köpfen in den Sommerhimmel hinauf, eine Wolke aus tanzenden Lettern auf klarem blauem Grund. »Können Sie sie ordnen?«, hörte ich Hiller fragen.

Ich runzelte die Stirn und versuchte, die Buchstaben aufzufädeln. Ich wollte sie zu Silben und Wörtern zusammenfügen, aber es gelang mir nicht, ich sah nur ein Wirrwarr aus herumsausenden, Haken schlagenden Sätzen vor meinem inneren Auge. Die Buchstaben verschmolzen zu Glyphen, die gar keinen Sinn ergaben. Bevor ich mir darüber Gedanken machen konnte, hörte ich wieder Hillers Stimme dicht neben meinem Ohr. »Wenn da jetzt Sätze stünden«, sagte er. »Wie viele wären es?« »Zu viele«, rief ich, »das sind ja ganze Seiten!« »Und wie viele Seiten sind es?«, setzte Hiller nach. Ich schüttelte den Kopf. Fast hätte ich dabei Hillers Hand von meinen Augen weggeschubst. »Da muss ich noch mal gucken«, sagte ich.

Ich begann, unruhig zu werden. Außerdem konnte ich hören, dass die Strandläufer sich entfernten und ich wollte wissen, wohin. »Gut«, sagte Hiller, »aber Sie dürfen nicht nachdenken. Denken Sie an die Buchseiten. Sagen Sie mir die Zahl sofort, wenn Sie den Schwarm sehen. Verstanden?« Ich schluckte. Auf einmal war ich aufgeregt. Ich spürte, wie Hiller mit der anderen Hand nach meiner Schulter griff und mich in Richtung des leiser werdenden Flattergeräusches drehte, und konzentrierte mich. »Drei«, sagte er, »zwei, eins.« Und mit einer ruckhaften Bewegung gab er mir den Blick frei.

Der Schwarm war entlang der Uferlinie weitergezogen. Gerade waberte er hinten an der Inselbeuge über die gefluteten Priele der Salzwiesen. Unter dem Luftzug bogen sich auf den Wiesenzungen die Halme gegen den durchfeuchteten Boden. Es sah aus, als würde ein glänzendes Vlies der Fluglinie nachströmen. Einen Moment lang war ich abgelenkt. Ich verlor mich in der Strömung, ich verlor das Bild, das ich mir unter Hillers Handschale gemacht hatte. »Nicht denken!«, befahl Hiller neben mir. Meine Vorstellung sprang zurück, mein Herz begann zu klopfen. Mit zusammengekniffenen Augen starrte ich in die Vogelwolke hinein und plötzlich sah ich Wortfugen. Ich sah ganze Sätze, die sich über den Himmel zogen. Ich hielt die Luft an, ich dachte nicht und zählte nicht – ich blätterte, ich las. »Fünf Seiten«, rief ich, »stopp, nein, viereinhalb!«

Ich atmete aus und drehte mich Hiller zu. Er sah zufrieden aus. Seine Haltung war entspannt und die Lachfalten um seine Augen waren tiefer als sonst. Sogar sein grauer Bart wirkte irgendwie aufgeräumt. »Sehr gut«, brummte er und notierte sich etwas auf seinem Klemmbrett. Ich beugte mich zu ihm und versuchte zu erkennen, was er schrieb.

Hiller sah auf und schmunzelte, als er meinen ratlosen

Blick bemerkte. »Wir finden Ihre Maßeinheit«, erklärte er mir. »Wir eichen Sie ein.« Mit der Spitze seines Kugelschreibers deutete er auf den Schwarm, der sich in der Ferne über die Felder senkte. »Das hier sind knapp neunhundert Strandläufer. Für Sie sind es viereinhalb Seiten. Also hat bei Ihnen eine Seite rund zweihundert Vögel. Künftig können Sie so die Großschwärme einschätzen. Sie müssen nicht berechnen, Sie müssen nur lesen.«

Ich wollte protestieren, schließlich befanden sich auf einer normalen Buchseite doch sicher sehr viel mehr Buchstaben, aber Hiller wehrte ab. »Behalten Sie diese Zählweise«, sagte er. »Wenden Sie sie an, stellen Sie sie nicht infrage. Üben Sie. Achten Sie auf das, was der Himmel Ihnen buchstabiert.«

Mein Herz klopfte noch immer so schnell. Ich wollte etwas Flapsiges sagen, einen Witz machen, aber mir fiel gar nichts ein. »Danke«, sagte ich schließlich. Weit hinten, über einem leuchtenden Rapsfeld, verdrehten sich die aufjubelnden Strandläufer zu einem wirbelnden, sich langsam entfernenden Karussell. Ich stand ganz still und sah ihnen nach.

Fräulein Schmidts Fußspitze wippte im Takt auf und ab. Ich konnte es genau sehen. Melanie hatte ihren Kassettenrekorder in den Ausstellungsraum gebracht und Lotte und ich hatten buntes Krepppapier an die Unterseite der Deckenlampe geklebt. Darauf waren wir richtig stolz. Der Schein der Glühbirne glomm nun durch das Papier hindurch und tauchte alles in ein rötliches Licht. Der ganze Raum wirkte verändert und die ausgestopften Sturmmöwen und die Muscheln auf dem Tapeziertisch schimmerten rosafarben.

Ich hätte gerne noch eine Discokugel und eine Nebelmaschine gehabt, aber ich wusste nicht, wo man so was herbekam. Außerdem war das für eine Party mit gerade mal sieben Leuten wahrscheinlich ein bisschen übertrieben, zumal wenn drei davon Rentner waren. Trotzdem: Wir waren wild entschlossen zu feiern. Im Meerwassergraben des Inselmodells hatten wir Dosen mit Limonade und Bier kaltgestellt. Wir hatten den Esstisch an die Wand geschoben und Erdnussflips in Müslischalen und Salzstangen in Gläser gefüllt. Lotte hatte von der Telefonzelle am Hafen aus ihre Mutter angerufen und sich beschreiben lassen, wie man Tomaten mit Fleischsalat und Russische Eier machte. Fräulein Schmidt hatte Leberwurstbrote mit sauren Gurken belegt und Sebald hatte uns angeboten, Luftschlangen und Ballons zu besorgen, aber ich hatte ihm beigebracht, dass das eher uncool war.

Gerade schepperten die *Sisters of Mercy* aus dem kleinen Kassettenrekorder und Melanie und ich waren in der Mitte des Raums. »Gimme the ring«, rief ich und stampfte auf dem Linoleumboden auf. »Gimme something that I kissed!« Ich war mir nicht sicher, ob ich den Text richtig verstand. Ich wusste auch nicht genau, ob der Sänger »hey, now« oder »pain, now« röhrte, aber das war mir egal, ich brüllte einfach mit. Melanie neben mir hatte ihre Haare geöffnet und ließ sie in Richtung Boden baumeln. Ihre Augen hielt sie geschlossen, sie lief mit schlurfenden Schritten vor und zurück. Sie sah toll aus. Bei einer unserer Schulpartys hätte sie sich vor Verehrern kaum retten können. Tatsächlich war ich froh, dass der Junge aus der Oberstufe sie nicht zu Gesicht bekam. Ich hatte ihn einmal auf *Push!* von *Invincible Spirit* mit ganz ähnlichen Tanzbewegungen gesehen. Er hatte seinen langen, toupierten Pony in das blasse Gesicht fallen lassen und seinen schmächtigen Körper schwankend vor und zurück gebogen. Seitdem versuchte ich, das Lied irgendwo herzukriegen, aber bei den Wunschsendungen meines Lieblings-Radiosenders war ich nie durchgekommen.

Lotte und Julian saßen auf dem Fußboden unter den Vogelbildern. Sie hatten ihre Rücken an die Wand gelehnt und teilten sich eine Schale Erdnussflips. Ich konnte nicht hören, was sie redeten, nur Lottes Lachen drang immer wieder über die dunklen Bassläufe bis zu mir. Hiller stand am Rand unserer Tanzfläche und rauchte. Ich versuchte, ein bisschen durch seine Rauchwolke hindurch zu tanzen und mir vorzustellen, das sei Disco-Nebel. Gleich würde die Chorstelle einsetzen, die mochte ich am meisten. *Darkwave* sei das, hatte mich mein Bruder aufgeklärt. Das ergab Sinn, der Chor hatte die Wucht einer dunklen Welle. »Aaaah …«, sang ich mit und bemühte mich, wie ich es im Kirchenchor gelernt hatte, Vibrato in meine Stimme einzubauen, »… ahaaah«. Und plötzlich bemerkte ich, wie Fräulein Schmidt von dem Küchenstuhl aufstand, den sie sich in eine Ecke des Raums geschoben hatte. Sie sah irgendwie größer aus als sonst, vielleicht hielt sie sich einfach gerader. Sie holte Luft und breitete die dürren Arme aus. »Aaaa«, sang Fräulein Schmidt mir entgegen und ich hielt verblüfft inne. Ihre Stimme war hell und jubilierend, sie passte überhaupt nicht zu dem missmutigen Gesicht des Fräuleins. Jetzt stoppte auch Melanie ihre Schrittfolge und strich sich die blonden Haare aus dem Gesicht. Lotte, die gerade Julian eine Handvoll Flips in den Mund hatte schieben wollen, hielt mitten in der Bewegung inne. Und draußen auf der Terrasse konnte ich sehen, dass Sebald näher an die Glastür herangetreten war. Bloß Hiller wirkte nicht überrascht. Mit dem Verklingen des Chors wurde auch Fräulein Schmidts Stimme leiser und zarter und dann war es einen kurzen Moment ruhig. Nur der Kassettenrekorder knackste leicht beim Übergang zum nächsten Lied.

»Da capo!«, rief Sebald von der Terrasse und wir begannen zu applaudieren, Julian pfiff durch die Finger, ich klatschte, bis mir die Hände weh taten, doch das Fräulein lächelte nicht. Griesgrämig betrachtete es uns, es schien den Radau zu missbilligen, den wir hier veranstalteten, und dann setzte es sich wieder hin, kniff die Lippen zusammen und sah aus dem Fenster hinaus in den nächtlichen Garten.

Draußen war es noch immer warm als Lotte, Julian und ich wenig später auf die Terrasse traten. Der Rasen strahlte die gespeicherte Sonnenhitze des Tages ab, ich glaubte beinahe, die trocknenden Halme knistern zu hören. Die Bodenplatten der Veranda wirkten weicher als sonst. Es roch nach Tang und Fisch, nach welkenden Heckenrosenblüten und irgendwelchen bitteren Gewürzkräutern, die ich nicht kannte. Ein paar Fledermäuse zuckten über der Krone des Birnbaums herum und vor den dunklen Büschen am Zaun stieg der zirpende Lockruf der Zikaden aus den Grashalmen. Vögel konnte ich am Nachthimmel keine erkennen, aber die nächtlichen Rufe der Austernfischer gellten über den mondbeschienenen Deich. Melanie tanzte hinter uns alleine weiter durch den rot glühenden Ausstellungsraum. Sie ruderte mit den Armen, sie warf ihre Beine hoch in die Luft und schleuderte ihre

Haarsträhnen. Hinter der leicht beschlagenen Glastür hatte sie, fand ich, etwas *Irrlichterndes*.

»Schade, dass du morgen schon fährst«, sagte Lotte zu Julian und ließ sich neben ihm in die Hollywoodschaukel fallen. Er streckte sich und legte einen Arm um sie. Ich hatte mich gerade neben Lotte setzen wollen, aber jetzt blieb ich vor der Schaukel stehen. Mir fiel keine Ausrede ein, mit der ich Lotte und Julian hätte allein lassen können, also schob ich das Windlicht, das wir hier aufgestellt hatten, beiseite und lehnte mich gegen den Plastiktisch. Ein paar Nachtfalter torkelten an der Überdachung der Hollywoodschaukel herum, einer verfing sich fast in den Fransen des ausgeblichenen Stoffs, bevor er Kurs auf die zuckende Flamme im Windlichtglas nahm. Vom Parkplatz am Hafen drang Gelächter herüber. Jemand hupte, ein Motor startete. Unschlüssig zupfte ich an meinem T-Shirt herum, ich wusste nicht, wohin mit meinen Händen. Ich hätte Julian gern nach einer Zigarette gefragt, aber dann hätte er den Arm von Lottes Schultern genommen.

»Schade, dass ihr nicht schon früher hier wart«, sagte Julian und sah nur Lotte an dabei. Ich drehte mich kurz zum Ausstellungsraum zurück, um sicherzugehen, dass Melanie uns nicht beobachtete, aber Melanie tanzte und tanzte, *She drives me crazy*, sie schien uns völlig vergessen zu haben. »Wie lange warst du noch mal hier?«, fragte ich. Julian schnaubte. »Ein ganzes verdammtes Jahr«, sagte er. »Und Melanie?«, setzte ich nach. Er strich sich über seine rotblonden Bartstoppeln und grinste: »Leider erst seit zwei Monaten.« Lotte schien das Grinsen nicht verdächtig zu finden, sie knuffte ihn in die Seite: »Na, Dienstältester, irgendwelche Tipps für uns?« Julians Hand lag noch immer auf Lottes Schulter. Er begann mit den Trägerbändchen ihres grünen Sommerkleides zu spielen, seine Finger fuhren unter den Knoten und verzwirbelten den luftigen Stoff: »Lasst euch bloß nicht ärgern, wenn der Professor kommt«, sagte er schließlich. Ich horchte auf. »Warum?«, fragte ich. »Wie ist der denn so?«

Julian überlegte nicht lange: »Eigen. Darf man aber auch sein, wenn man so ein Ding stemmt wie das hier. Muss man erst mal schaffen, so was, ganz alleine.« »Ist er nicht verheiratet?«, fragte Lotte. Ihre Stimme klang ein wenig zittrig, ich konnte die Gänsehaut sehen, die sich unter Julians Berührung auf ihrer nackten Schulter gebildet hatte. Julian lachte: »Hast du Absichten?« Lotte schluckte und starrte ihn an. Ich konnte fast spüren, dass sie gleich rot werden würde und sagte schnell: »Kennt der Professor Hiller und Sebald schon lang?« Julian nickte. »Sie kommen seit acht Jahren, immer zweimal im Jahr. Echte Vogel-Profis. Und er weiß, dass sie sich an die Hausordnung halten.« »Hausordnung?«, fragten Lotte und ich exakt gleichzeitig. Wir sahen uns an und riefen »Jinx!« Schnell beugte ich mich zu ihr, wir hakten unsere kleinen Finger ineinander und ließen unsere Hände durch die Luft kreisen, zweimal links, zweimal rechts herum, einmal auf und ab. Ich kniff die Augen zusammen. Mir fiel auf die Schnelle nichts ein, was ich mir hätte wünschen können, *Gesundheit, Heilung, Leben*, aber ich konnte mir ziemlich genau vorstellen, woran Lotte dachte. Und nach kurzem Überlegen wünschte ich es ihr einfach auch.

Als ich meine Augen wieder öffnete, sah ich Julians verblüfften Gesichtsausdruck. »Wunsch-Ritual«, erklärte ich und scheuchte mit der wieder freien Hand eine Stechmücke von meinem schwarzen T-Shirt. »Also: Hausordnung?«

»Paragraph eins: Die Hausordnung ist nicht Selbstzweck, keine Formalität oder gar Bürokratie, sondern aus der praktischen Erfahrung heraus entstanden«, rezitierte Julian. »Eine Mitarbeit in der Station ist nur möglich, wenn Sinn und Notwendigkeit der Hausordnung eingesehen werden und der feste Wille besteht, diese zu beachten.« Lotte und ich prusteten los, aber Julian stöhnte und sagte: »Kein Witz. Melanie hat den Professor mal auf ein paar Grammatikfehler hingewiesen, da hätte er sie fast rausgeworfen. Der bringt uns um, wenn er merkt, dass ihr die noch nicht unterzeichnet habt.«

Lotte hob eine Augenbraue. »Du magst ihn nicht«, stellte sie fest. Julian neigte sich ihr ein bisschen entgegen. »Wie machst du das?«, fragte er. Lotte sah verwirrt zu mir herüber. »Deine Braue«, sagte ich und konnte mich gerade noch davon abhalten, demonstrativ die Augen zu rollen. Ich wusste, was jetzt kommen würde. Julian zog Lotte enger an sich heran und strich mit dem Daumen über ihre Augenbraue. »Mach noch mal«, sagte er leise. Er stieß sich mit dem Bein ab und versetzte die Hollywoodschaukel ins Schwingen. Lotte lachte überrascht auf und zog ihre nackten Füße auf die verwaschene, geblümte Sitzfläche. Mit leisem Quietschen sanken die beiden auf mich zu und von mir weg. Ich stieß mich von der Tischplatte ab und ging.

Das Wasser im Inselmodell sah im Mondlicht merkwürdig dickflüssig aus. Langsam tauchte ich meine Handgelenke in die dunkle Fläche hinein. Die Kühle beruhigte meinen Puls. Von hier aus konnte ich die Musik aus dem Ausstellungsraum kaum noch hören. Ein leichter Wind raschelte in den Blättern der Heckenrosensträucher, und vom Dachfirst der Station drang der Ruf eines Nachtvogels. Ich hoffte auf eine Sumpfohreule, aber ich wusste nicht wirklich, wie die klang.

Ich beugte mich über die nachschwappende Wasserfläche. Um meine Handgelenke herum spiegelten sich die Lichter von ein paar Sternen oder Satelliten. Ihr Schein fiel auf die Metalloberflächen der Dosen, die wir dort versenkt hatten. Sie gaben dem kleinen Teich eine Tiefe, die er gar nicht haben konnte. Wie ein mit Golddukaten gefüllter Brunnen sah er, fand ich, aus. Oder wie das Tor zu einer verborgenen Unterwasserwelt. Mit der rechten Hand ertastete ich eine der glitzernden Getränkedosen und hob sie aus dem Wasser. Ich wischte die Tropfen ab und sah, dass ich mir ein Bier gegriffen hatte. Kurz zögerte ich. Bisher hatte ich noch nie alleine Alkohol getrunken. Dann zerrte ich an der Metalllasche. Nichts passierte. Ich versuchte es noch einmal in die andere Richtung und hörte ein knackendes Geräusch. Schnell schlürfte ich den aufspritzenden Schaum ab. Mit dem bitteren Geschmack hatte ich nicht gerechnet. Ich verschluckte mich und musste husten.

»Schmeckt nicht?«, sagte jemand von der anderen Seite des Gartens. Ich rieb mir meinen Mund ab und richtete mich auf. Sebald saß an der Meerseite der Auffangstation auf einem Gartenstuhl. Vor sich hatte er das Stativ mit dem Fernrohr aus dem Ausstellungsraum aufgebaut. Ich konnte sein Gesicht nicht sehen, es war halb hinter dem himmelwärts gerichteten Spektiv verborgen, aber er schien in meine Richtung zu sehen. Sebald hob eine Hand. »Man sollte mit diesen Dingen gar nicht erst anfangen«, sagte er. »Lassen Sie es, solange Sie können.« Seine Stimme klang müde.

Unsicher stellte ich die Bierdose im Gras ab und ging auf ihn zu. Die zusammengerollte Metalllasche steckte ich in meine Hosentasche, ich wollte nicht, dass ein Vogel sie in der Morgendämmerung aufpickte und sich an ihr schnitt. »Wie meinen Sie das?«, fragte ich, als ich bei ihm war. Er deutete schweigend am Fernrohr vorbei hinauf zum verdunkelten Deich. Erst verstand ich nicht, worauf er zeigte. Aber dann sah ich ihn. Ein Schemen war dort vor der fast glatten Meeresfläche zu erkennen. Eine hoch aufragende Gestalt, die in langsamen Schritten den Damm vermaß. Der Glühpunkt einer Zigarette glitt mit ihr durch die Nacht. »Ich kann nicht verstehen, dass er noch immer raucht«, sagte Sebald. »Er sollte es besser wissen.«

In mir zog sich etwas zusammen. Ich betrachtete Hillers Umriss, die Gleichmäßigkeit seiner Bewegung. Den weiten Bogen, mit dem er gerade die Zigarette zum Mund führte. Ich lauschte auf das Ausatmen, das Ausstoßen des Rauchs, das ich nun schon so gut kannte, aber von hier aus konnte ich es gar nicht hören. Jetzt blieb Hiller stehen und drehte sich dem Horizont zu. Hinten, an der gebogenen Uferbiegung der Nordspitze, zeichnete sich ein Leuchtturm ab. Sein Lichtkegel fuhr über das verglaste Meer und tauchte Hiller für Bruchteile von Sekunden in eine Blendung, die seine Silhouette noch dunkler erscheinen ließ. »Ist er krank?«, sagte ich leise. Und war mir plötzlich sicher, dass ich die Antwort kannte.

Sebald schüttelte den Kopf. Er beugte sich vor und nestelte an der Brusttasche seines Jacketts. Er zog ein Tuch hervor und begann, an der Linse des Fernrohrs herumzureiben. »Nicht mehr«, sagte er. »Ich dachte damals, ich hätte ihn verloren.« Und fügte hinzu: »Er war ganz kahl.«

Ich spürte, dass meine Augen zu brennen anfingen. »Man kann das überleben?«, flüsterte ich. Aber wahrscheinlich dachte ich es nur, denn Sebald antwortete mir nicht. Er zog das Spektiv näher an sich heran und richtete es wieder hinauf in den Nachthimmel. Und auch ich redete nicht weiter und fragte nichts.

Ich lehnte mich an die Wand der Auffangstation. Sogar die Hausmauer war noch warm. Über mir war ein Rascheln in der Regenrinne, herumkrabbelnde Spinnen vielleicht, irgendwelche Asseln oder nachtaktiven Käfer, aber ich nahm meinen Blick nicht von Hiller. Er hatte sich wieder in Bewegung gesetzt und kam zurück in unsere Richtung. Der Wind fuhr ihm durch das dichte Haar. Ich versuchte, ihn mir mit Glatze vorzustellen, ausgemergelt von den Behandlungen. Es gelang mir nicht. Er sah so ruhig aus. So stark. Ein bisschen wie mein Vater noch vor einem halben Jahr.

»Was machen Sie denn da oben?«, rief ich ihm entgegen. Einen Augenblick wirkte es, als würde meine Stimme an der Deichmauer abrutschen, Hiller reagierte gar nicht auf mich. Über ihm bog sich die Nacht wie ein durchlöcherter Dom, in dem die Sterne nur poröse Durchbrüche zu einem dahinter liegenden, hellen Raum waren.

Ich überlegte, ob ich noch einmal rufen sollte oder einfach schweigen und gehen, aber dann blieb Hiller stehen. Einen

Moment lang schien er sich zu orientieren. Ich war mir nicht sicher, ob er uns überhaupt sehen konnte. Er drehte sich in unsere Richtung. Und hob kaum seine Stimme, als er sagte: »Ich suche Rungholt.«

Ich kannte den Namen nicht. »Wer ist denn das?«, fragte ich Sebald. Sebald seufzte und sah nicht von seinem Okular auf. »Das soll er Ihnen mal schön selber erklären«, brummte er. »Rungholt, meine Güte. Immer muss er dieses Zeug erzählen. Ich sage Ihnen: an diesem Mann ist ein Dichter verloren gegangen. Ein Phantast ist er, ein Geschichtenerfinder. Wird er immer bleiben, das treibt ihm keiner aus, nicht einmal ich.«

Ich musste lachen, ich hatte Sebald noch nie freiwillig auf einmal so viel reden hören. »Ich mag Geschichten«, erklärte ich. »Dann wird Ihnen diese hier gefallen«, sagte Hiller, der über den Abhang des Deiches auf uns zukam. »Rungholt ist eine versunkene Stadt. Das Atlantis der Nordsee. Keiner weiß genau, wo es liegt. Dabei soll es sehr wohlhabend gewesen sein, eine Handelsstadt. In Nächten wie diesen müsste man seine goldenen Türme unter der Wasserfläche sehen können.«

Ich stellte mich auf die Zehenspitzen und blickte hinaus auf das zellophanene Meer. Es war so eben, dass es fast stumpf wirkte, und sah nicht wirklich so aus, als könnte es eine ganze goldene Stadt verstecken. Ich überlegte. »Vielleicht sind die Dächer vermoost?«, schlug ich vor. Hiller nickte mir zu, ihm schien das zu gefallen: »Und die Mühle mit Seetang behangen«, sagte er, »verborgen in den Abgründen einer grünen Dämmerung.«

Sebald schnaubte. »Setz dem Mädchen keine Flausen in

den Kopf«, sagte er und deutete auf das Fernrohr: »Erklär ihr lieber die Sternbilder, da lernt sie wenigstens was.« »Ich bin keine Sternguckerin«, protestierte ich. Ich schob den Deckel der hölzernen Regentonne neben mir zu, nahm Schwung und zog mich an der Regenrinne auf die Tonne. Von dort aus stemmte ich mich weiter nach oben, hoch auf das Flachdach der Auffangstation.

Die geteerte Dachpappe war warm unter meinen Händen und meinen nackten Knien. Als ich mich aufrichtete, sanken meine Docs leicht in den Teer ein. Vorsichtig verlagerte ich das Gewicht und wippte ein bisschen auf und ab. Das Dach trug. Ich liebte Dächer. Meine Oma hatte extra eine Holzleiter für ihre Dachbodenluke angeschafft, weil ich unbedingt auf dem First herumsitzen wollte. An meinem dreizehnten Geburtstag hatte ich sogar darauf bestanden, für meine Geburtstagsgäste eine Tanzvorführung auf unserem Garagenflachdach zu veranstalten. Das Dach war meine Bühne gewesen und mein Bruder hatte mit einer Taschenlampe herumgewedelt und so für Showlicht gesorgt. Das hatte erstaunlich gut funktioniert. Bevor ich die Dächer für mich entdeckt hatte, war ich auf Bäume geklettert, immer viel zu hoch hinauf. Meine Mutter hatte ständig Angst, ich könnte irgendwo herunterfallen.

Der Wind fühlte sich weich an in meinem Gesicht, ein salziger Luftzug, der über meine Wimpern strich. Ich sah hinaus auf das Wasser. Das Lichtsignal des Leuchtturms glitt gerade wieder über das Meer. Da war kein Aufblinken unter der Wasserfläche zu sehen, keine erkennbare Reflexion, nichts. Und am Himmel flog kein einziger Seevogel.

»Können Sie etwas entdecken?«, rief Hiller von unten. Ich trat einen kleinen Schritt vor und linste über die Dachkante. Hiller war so groß, dass sich sein Scheitel fast auf einer Ebene mit meinen Schuhsohlen befand. »Bisher nicht«, rief ich zurück. Hiller legte seinen Kopf in den Nacken und sah zu mir hoch. »Sie müssen nur daran glauben«, sagte er. »Solche Dinge verbergen sich gern vor der Wirklichkeit.«

Ich richtete den Blick wieder hinaus und versuchte, es mir auszumalen. Eine ganze Stadt versunken. Brunnen, Ställe, Bäume, komplette Straßenzüge, ein Kirchturm, ein Friedhof, sogar Flussläufe oder Weiher: alles unter Wasser. Wie Pompeji könnte das sein, dachte ich. Nur dass dieses Rungholt anstelle von erkalteter Feuerlava in Sole eingegossen wäre. Schön könnte das aussehen. Eine Unterwasserstadt, eingetaucht in ein leuchtendes, geheimnisvolles Grün, in dem man herumspazieren wollen würde. Seegeister, Wassermänner und bunt schillernde Fischschwärme würden einen auf dem Weg begleiten, vorbei an Gärten mit Seeanemonen und durch kunstvolle Tore aus Muscheln hindurch. Und es wäre dort unten ganz still.

Aber dann fiel mir das Quecksilber wieder ein, die Ölpest, die Strudel und Felder aus Plastikmüll, die es auf den offenen Weltmeeren wohl gab, all die Unkrautvernichter, die Schädlingsbekämpfungsmittel und Schwermetalle im Wasser, das ganze toxische Gebräu. Ich musste an die Geschichte mit dem Pfennig denken, der angeblich verschwand, wenn man ihn über Nacht in Cola einlegte. Auf dem Schulhof erzählten wir uns immer ganz beeindruckt davon, dabei hatte es noch keiner von uns wirklich ausprobiert. Ich konnte es fast vor mir sehen: wie das verseuchte Meer die Golddächer Rungholts verätzte, wie die gemauerten Brunnen und Häuser unter der chemischen Reaktion zu Schaumwolken zerzischten und Menschen- und Tierknochen sich im Giftsud langsam zerfraßen. Bis alles aufgelöst war.

Ich kniff die Augen zusammen. Das Meer kam mir auf einmal viel zu grün vor, fast so wie das radioaktive Leuchten in Comics. Wahrscheinlich bildete sich da schon ein neuer Teppich aus Chemikalien und Algen und Phosphor. Dass in so einem verunreinigten Gewässer irgendetwas Jahrhunderte lang überleben könnte, schien mir doch sehr unwahrscheinlich. Ich holte Luft, um Hiller das zu sagen. Aber dann dachte ich an den vergnügten Ausdruck in seinem Gesicht, die Fröhlichkeit in seiner Stimme, als er von Rungholt erzählte. Der Schwung, mit dem er auf Sebald und mich zugelaufen war. Und ich schwieg.

»Du weißt schon, wie alt du bist«, hörte ich Sebald von unten sagen. Neben meinem rechten Fuß erschienen zwei Hände auf dem Dach. Zum ersten Mal fiel mir auf, dass Hiller keinen Ehering trug. Ich hörte ein Ächzen und bückte mich, um ihm zu helfen.

Das Dach knarrte unter unserem Gewicht. Hiller stand ein wenig unsicher neben mir, er atmete schwer, sein hoher Körper blieb leicht gebückt. Wahrscheinlich war er schon länger nirgendwo mehr hochgeklettert. Ich deutete auf die Dachkante und wir setzten uns. »Vorsicht«, rief Sebald und es gab ein kurzes Schaben, als er die Position des Spektivs veränderte.

»Es gibt«, sagte Hiller, als er wieder zu Atem kam, »eine

Legende. Wenn wir ganz leise sind, können wir vielleicht die versunkenen Kirchenglocken im Wasser hören. Um Mitternacht soll das manchmal möglich sein.« Er ließ sein Feuerzeug aufflammen und beleuchtete das Zifferblatt seiner Armbanduhr. Die schmalen Zeiger standen auf kurz vor zwölf. »Sehen Sie, es ist gleich so weit«, sagte er.

Wir blieben ruhig sitzen und lauschten. Das gleichmäßige Schwappen des Meeres drang zu uns herauf. In meinen Ohren raschelte der Wind. Wenn ich meinen Kopf leicht drehte, konnte ich Hiller atmen hören. Seine Uhr tickte leise. Der Nachtvogel, der vorhin auf dem Dach der Station gesessen hatte, schien weitergewandert zu sein. Sein Ruf kam jetzt von der Spitze der alten Kiefer, die hinten am Zaun zur Straße stand. Das Lied, das er sang, war melancholisch und ein bisschen einsam. Ich sah hinaus aufs Meer und fragte mich, ob ein Seelenvogel wohl so klänge.

Da plötzlich bemerkte ich das Zittern auf der Wasseroberfläche. Es war relativ weit draußen und mit bloßen Augen kaum zu erkennen. Zuerst dachte ich, ich würde es mir einbilden, aber dann spürte ich, dass auch Hiller sich neben mir aufrichtete. Ich wollte etwas sagen, aber Hiller legte den Finger auf seine Lippen. Wir warteten auf das Aufpulsen des Leuchtturms, das kurze Aufstrahlen der See unter seinem vorüberstreifenden Licht.

Da war es. In dem Moment, in dem der Leuchtkegel das Zittern erhellte, konnte man es sehen. Eine Unebenheit auf der Wasserfläche war da, ein Rippeln, wie man es erzeugt, wenn man durch das Reiben mit dem nassen Finger ein dünnwandiges Glas zum Klingen bringt. Genauso sah es aus:

als würde in der Tiefe der Nordsee etwas zum Schwingen gebracht. Etwas bebte dort unten, es schwang oder es pendelte, ein Rufen musste das sein, oder ein Klingen, das unterirdische Schallwellen erzeugte, die sich fortpflanzten und aufstiegen und als kleine Wellenkämme das Meer zerknitterten.

Ich beugte mich vor, um besser sehen zu können, aber schon war das Licht des Leuchtturms weitergehuscht, und so schnell wie es gekommen war, verschwand auch das Zittern wieder, es wurde weniger und weniger und die Wasserfläche beruhigte sich und war schließlich wieder ganz glatt.

Hinten am Haupthaus riss jemand die Tür zum Ausstellungsraum auf, Musik brandete auf die Veranda, die schnellen Rhythmen von *Dead Can Dance* rappelten über den Rasen, es gab ein Scheppern, als die schwungvoll aufgerissene Tür gegen die Hauswand prallte. »Wo seid ihr denn alle?«, rief Melanie in den Garten hinein. »Muss ich hier alleine tanzen oder was?« Aus der Kiefer erhob sich der Nachtvogel und segelte in die Dunkelheit hinein. Ich drehte mich langsam um. Mein Blick richtete sich auf die Terrasse, ich suchte Lotte und Julian.

Das Windlicht flackerte in seinem Glasgehäuse auf dem Plastiktisch. Auf den Steinplatten vor der Türöffnung formte das rote Licht aus dem Ausstellungsraum ein Lichtquadrat und die Hollywoodschaukel schwang leicht nach, vor und zurück, vor und zurück. Sie war leer.

Brautnacht in den Dünen. Das Meer.

Querströmungen

Sturmböen fuhren um das Haus. Die Zweigspitzen der Bäume krakelten wirre Zirkel auf die regennassen Fensterscheiben der Station. Im Erdgeschoss war die Verfugung der Eingangstür brüchig, ein dünner Luftzug sang im Flur. Oben im ersten Stock schlug ein Fensterladen gegen die Außenmauer und draußen im Watt lief das Regenwasser in die Priele. Steine und Muscheln schimmerten wie lackiert auf dem nassen Sand. Ein paar Spaziergänger drückten sich auf dem Deich gegen die Striemen aus Regen. Ihre umgestülpten Schirme verrenkten sich mit zersplitterten Streben in die Windstöße hinein. Auf den Salzwiesen warf der Sturm den Strandflieder gegen den Boden und störte ihn wieder auf, bis an den hin- und hergeworfenen Blattunterseiten die ausgeschwitzten Salzkristalle von den Drüsen brachen. Nur weiter hinten, im Inselinneren, rissen die Wolken über den Feldern ein wenig auf. Die Wiesenblumen öffneten dort ihre Kelche, das Wasser floss von ihren Blüten in die brüchige Erde hinein und der durstige Inselboden trank und trank.

Ich saß in meinem verfilzten roten Wollpullover – eines der wenigen Kleidungsstücke, das ich noch nicht auf Schwarz umgefärbt hatte – am Tisch des Ausstellungsraums und hatte den Oberkörper über die Karte mit den Flugstrecken gebeugt. Zur Vormittagsführung war niemand gekommen und ich hatte Zeit. Ich versuchte mich zu konzentrieren. Ich wollte wissen, warum es wichtig war, was wir hier taten. Wie sich die Vögel, die wir mit unseren Zählungen erfassten, in das Gesamtbild einordneten. Mit meinem Zeigefinger fuhr ich den Wanderweg der Küstenseeschwalbe nach. Sie war, wie Melanie uns in ihrer Führung gesagt hatte, ein *Langstreckenzieher*, die Königin des Vogelzugs. Sie flog vom Sommer des Nordens bis in den Sommer der Südhalbkugel und zurück, von der Arktis bis in die Antarktis. So fern würde ich, nahm ich an, in meinem ganzen Leben nie kommen, geschweige denn einmal jährlich. Ich biss mir auf die Lippen und beugte mich tiefer über die Karte.

Lotte hatte sich irgendwann nachts in unser Zimmer geschlichen. Als ich im Morgengrauen vom Rütteln und hohlen Singen des Winds aufgewacht war, hatte sie auf ihrer Pritsche gelegen, die Locken auf dem Kissen ausgebreitet, den Mund leicht geöffnet. Morgens, beim Rückweg aus dem Badezimmer kam sie mir auf der Treppe entgegen. Sie sah gar nicht müde aus. Ich hatte sie flüsternd gefragt, was passiert war. Wo sie und Julian gewesen waren. Aber Lotte hatte nur gelächelt und stumm den Kopf geschüttelt und war an mir vorbei in die Küche gegangen. Ich verstand das nicht. Mir fiel nichts ein, was ich ihr nicht erzählen würde. Ich wusste nicht einmal, wo sie jetzt gerade war. Vielleicht war sie mit Sebald und Hiller zur Fähre gefahren, um Julian zu verabschieden. Vielleicht war sie draußen in den Dünen, oder irgendwo im Watt. Aber das glaubte ich nicht, ihre gelben Gummistiefel standen unten in unserem Kellerverschlag.

Ich wechselte mit dem Finger auf die anderen Linien. Die Ringelgänse flogen bis ins Eismeer. Die Pfuhlschnepfe zog von Tasmanien bis nach Nordsibirien. Schon die Namen dieser Orte nahmen mir den Atem, sie klangen so fremd. Ich war selbst erst einmal mit einem Flugzeug geflogen, nach Korsika. Mir war das ziemlich wagemutig vorgekommen, eine Reise in eine andere Welt, aber im Vergleich zu den Zugstrecken der Vögel sah es ganz nah aus. Ich begriff nicht, wie diese kleinen Tiere solche Entfernungen überwinden konnten. Woher sie überhaupt wussten, wann sie losmussten. Und wohin sie zu fliegen hatten.

Dass manche Zugvögel sich am Erdmagnetfeld orientierten, hatte Melanie uns erklärt. Die hätten ein spezielles Gespür für die Neigungswinkel der Erde. Wobei es aber manchmal zu Störungen käme, durch »Polarlichter und so«. Deswegen würden sich manche der Nachtzieher am Himmel orientieren. Einen Sternenkompass hätten die quasi eingebaut. Ich glaubte das nicht. Es musste da noch andere Wegweiser geben, Landmarkierungen, Anordnungen von Feldern und Wiesen, Flussverläufe, Konturen von Städten, Autobahnadern und Strichmuster von Telegrafenmasten, denen die Vögel folgten. Von dort oben hatte man doch bestimmt einen viel klareren Blick.

Aus der Küche hörte ich ein Klappern. Jemand setzte eine Kaffeetasse auf einen Unterteller. Ich hoffte auf Hiller. Vielleicht konnte er mir erklären, wie die Zugvögel ihre Reisewege bewältigten. Auch wenn ich den Schriftsteller noch immer nicht erraten hatte, den ich im Gegenzug für seinen Unterricht ja suchen musste. Wo ich den herzaubern sollte, war mir ein Rätsel. Mir fiel nichts mehr ein. Die Wahrheit war: Ich kannte noch nicht so viele Erwachsenenautoren. Ich wusste natürlich von Goethe und von Schiller, von Hermann Hesse und den Büchern, die wir in der Schule gelesen hatten. Manche davon waren nicht schlecht, die von Böll und Lenz fand ich sogar ganz gut. Aber daheim las ich noch immer lieber die vergilbten Abenteuerbücher und die Märchen, die ich in den Kisten auf dem Dachboden meiner Oma fand. Da ging es, fand ich, wenigstens um was.

Die Türschwelle knarrte und Fräulein Schmidt betrat den Ausstellungsraum. Sie stockte, als sie mich am Esstisch sitzen sah. Ihr Blick flog zur Decke. An der Lampe hing noch unser rotes Krepppapier, der Tesafilm hatte sich gelöst und zwei der Streifen lappten ziemlich unordentlich in den Raum hinein. Sofort fühlte ich mich schuldig. Schon mein Hiersein war falsch, das las ich in ihren Augen.

»Die Führung ist ausgefallen«, sagte ich entschuldigend. Sie stellte ihren Kaffee auf den Tisch und setzte sich. Vor dem Fenster schnellte ein Zweig zurück, ein Schwall aus Regentropfen prasselte gegen die Scheibe. Auf dem Parkplatz am Hafen duckten sich die Autos in den feuchten Asphalt hinein. Fräulein Schmidt schwieg. Ich rutschte auf meinem Stuhl herum, mein Atem kam mir plötzlich viel zu laut vor. »Wie geht das«, sagte ich schließlich und deutete auf das Netz aus Fluglinien, »wie schaffen die das?« Fräulein Schmidt nippte an ihrem Kaffee und zuckte mit ihren eckigen Schultern. »Die Mauersegler können im Schlaf fliegen«, sagte sie. Unwillkürlich lachte ich auf. »Verarschen kann ich mich selber«, rief ich. Und spürte nach einem Schreckmoment, wie mir das Blut ins Gesicht schoss. »Entschuldigung«, stotterte ich. »Das … ich … das war nicht …«

Fräulein Schmidt schimpfte nicht. Stattdessen studierte sie mich. Ihr Blick brannte auf meiner Haut, sie hörte gar nicht auf, mich zu betrachten. Dann plötzlich begann etwas in ihr zu zucken. Ihre Oberlippe wackelte und an ihrer hochgeschlossenen Bluse hüpften ein paar Knöpfe auf und ab. Ich brauchte einen Moment, bis ich begriff, dass sie lachte.

»Glauben Sie mir, ich veralbere niemanden, ich spreche die Wahrheit«, sagte sie und tupfte sich eine Lachträne unter ihrem rechten Auge weg. »Manche Zugvögel können wirklich im Schlaf fliegen, davon gehen wir zumindest aus. Es hat mit den Gehirnhälften zu tun: Die eine ruht sich aus, während die andere die Steuerung übernimmt. Ich wünschte, ich könnte das auch. Es muss eine Art Trance sein, ein schöner Zustand. Erstrebenswert. Nur nachweisen konnten wir es noch nicht.«

»Schlafen und fliegen? Woher wissen Sie so was«, fragte ich. Ich hatte davon noch nie gehört. Ich kannte es nur andersherum. Manchmal konnte ich im Traum fliegen. Und jedes Mal, wenn ich es tat, fragte ich mich, wie ich vergessen hatte können, dass ich dazu fähig war. Eine Zeitlang war ich sogar überzeugt davon gewesen, dass ich es eigentlich wirklich können müsste. So genau wusste ich, wie es sich anfühlte.

Fräulein Schmidt deutete in den Raum. Es war eine merkwürdige Bewegung, sie schien die ganze Station zu umfassen. »Ich war seine Sekretärin«, erklärte sie ruhig. »Flugschlaf war sein Fachgebiet, bevor er in Rente ging und die Station eröffnet hat.« Ich stutzte. »Ich dachte, Sie singen?«, fragte ich. Sie schüttelte den Kopf: »Mein Leben gehört dem Professor. Und seiner Forschung.«

Ich überlegte und drehte dann die Karte in ihre Richtung. »Ich verstehe noch nicht so ganz, was wir hier machen«, sagte ich. Fräulein Schmidt schob ihre Kaffeetasse ein wenig zur Seite und zog die Karte zu sich heran. Ich hoffte, dass sie mir zeigen konnte, auf welchem Kartenabschnitt die Arbeit des Professors zu finden wäre. Dass sie mir erklären würde, wie unsere Zählung die Auswertung beeinflusste. Oder zumindest, wie viel ein Vogel denn schlafen musste, während er solche Strecken flog. Aber ihr Blick glitt gleichgültig über das Geflecht aus Linien und Kontinenten hinweg und sie begann, die Karte zu falzen und zusammenzulegen. »Unsere Aufgabe hier ist es, zu informieren«, sagte sie.

Ich runzelte die Stirn. »Aber das kann ja nicht alles sein«, sagte ich und zupfte am Saum meiner Socke herum. Die Sonne der vergangenen Tage hatte einen Rand auf meiner Haut hinterlassen, dort, wo meine Docs begannen, waren meine Waden ganz blass. »Informieren kann ich mich auch in der Schule«, sagte ich. »Oder im Radio.«

Fräulein Schmidt richtete sich ein wenig auf ihrem Stuhl auf. Ich schien sie jetzt doch verärgert zu haben. »Wissen ist ein wichtiges Gut«, sagte sie. Dass die Station schließlich auf der Hilfe von Freiwilligen basiere, begann sie mir zu erzählen. Und dass die Forschungsarbeit des Professors dadurch nun mal begrenzt sei. Wir wären nun mal keine Meeres- oder Vogelforscher, keine ausgebildeten Fachkräfte, nur ein Haufen unwissender Laien, die von schlafenden Vögeln, vom Sinn und Nachweis des Schlafs keine Ahnung hätten. Unter solchen Bedingungen könne man einfach nicht wissenschaftlich arbeiten. Dem Professor gehe es aber inzwischen ohnehin eher um praktische Umsetzung. Er leiste da ganz enorme Arbeit. Deswegen habe man ihm ja auch eine Stelle für einen Zivildienstleistenden zuerkannt. Der Professor habe außerdem von seinem Privatkapital ein Feuchtgebiet am Ellenbogen gepachtet. Sehr vogelreich sei das. Da habe der Professor mehr praktischen Erfolg als die Biologische Anstalt auf Helgoland und all die umliegenden Vogelwarten zusammen.

»Im Süßwasserteich«, sagte Fräulein Schmidt und drückte dabei ihr Kreuz durch, »haben wir dort mit Plastikvögeln schon einen Kampfläufer angelockt. Normalerweise hat er hundert Meter Fluchtdistanz, bei uns kam er bis auf vier Meter heran. Wir haben ihn fotografiert und gerahmt, er hängt im Flur.« Sie sah mich Beifall heischend an. Ich kannte das Bild nicht, es war mir nie weiter aufgefallen. »Aber von dem gab es doch sicher schon vorher Fotos?«, fragte ich.

Ich verstand es wirklich nicht. Ich verstand nicht, was so wichtig daran sein sollte, einen Vogel fotografiert zu haben, von dem schon Bilder existierten. Aber vielleicht hatte das Fräulein ja eine Vorliebe für Kampfläufer. So wie ich für Eulen. Oder sie hatte ursprünglich lieber Tierfotografin werden wollen. Das war sicher nicht einfach. Ich hatte mal eine Dokumentation über einen Mann gesehen, der sich im Dschungel lauter Verstecke gebaut hatte und sich ständig mit Zweigen und Matsch verkleiden und maskieren musste, damit die Tiere ihn nicht als Urfeind erkannten. Aber wenn ich ehrlich war, konnte ich mir das Fräulein nicht vorstellen, wie es mit Laub und Ästen getarnt durch die Wasserkuhlen in der Marsch robbte.

»Was haben Sie denn für den Professor gemacht?«, fragte ich. Sie kniff ihre dünnen Lippen zusammen. »Alles«, sagte sie knapp. Ich wollte nachfragen, wollte es genauer von ihr wissen, aber der Anblick des Fräuleins ließ mich innehalten. Ihr ganzer Körper war so angespannt, dass sie, wenn man sie in diesem Moment berührt hätte, wahrscheinlich zersprungen wäre. »Und der Zivi?«, fragte ich stattdessen. »Wo ist der?« Sie stand auf und riss ihre leere Tasse vom Tisch. »Das reicht jetzt«, sagte sie.

»Aber die Zahlen, die Zahlen, die wir hier sammeln, was passiert denn damit?«, beharrte ich. Ich sah mich um, aber das große graue Notizbuch, in dem wir die Vogelsichtungen auf der Insel verzeichneten, lag nicht auf seinem Platz im Regal. »Was passiert damit«, bohrte ich weiter, »was forschen wir da genau?« »Das müssen Sie den Professor fragen«, sagte Fräulein Schmidt. »Er schickt die Daten nach England.« Etwas lag in ihrem Blick, in ihrer Stimme, als sie sich in der Tür noch einmal zu mir umdrehte und sagte: »Er kommt ja bald.«

Der Wind schlug mir fast das Gartentor aus der Hand. Ich zog meine Arme dicht an meinen Oberkörper und stemmte mich gegen den Sturm. Nach wenigen Schritten klebte die Regenhaut an meinem Pullover. Ich versuchte, die wild herumschlagende Kapuze einzufangen und mit dem aufzuckenden Bändel unter meinem Kinn festzuzurren, aber dann hielt ich einfach mein Gesicht in die angreifenden Striemen. Eine Böe fuhr mir in die Lunge, sofort war in meinem Mund ein Geschmack aus Salz und Jod und aus meinen Haaren troff das Regenwasser.

Ich hatte das vermisst, diese Wucht. Endlich fühlte ich mich wirklich wie an der Nordsee. Der Stillstand, in den die Sonne und der blaue Himmel die Insel getaucht hatten, war vorbei. Die Gezeiten zerrten und rüttelten am unterseeischen Inselkern, das silbrig schillernde Meer brandete mit überstürzenden Wellen an den Deich heran, ein paar Seezeichen taumelten im aufgepeitschten Schaum auf und ab, rote Bojen und Tonnen stürzten in die Wellentäler und schossen wieder aufwärts und am Himmel schleuderte ein ganzer Pulk aus Lachmöwen herum. Kreischend stießen sie den Gischtkämmen entgegen und katapultierten sich zurück in die schwarze Wolkenfront. Ihre Schnäbel waren im Flug weit aufgesperrt, aber ihre keckernden Rufe waren nur schwache Echolote im Grollen und Tosen der See. Schon in wenigen Stunden würde der Wind über die Schlickwatten und Sandwatten rasen, das sich aufbäumende Meer würde drehen, Niedrigwasser, Hochwasser, Niedrigwasser, und würde im Wirbel seines Rückzugs die zertrümmerten Muscheln und Schnecken mit sich reißen, während Kegelrobben und Schweinswale sich von ihren Sandbänken schieben und sich absinken lassen würden auf den ruhigen Meeresgrund.

Ich wusste nicht genau, wohin ich wollte. Irgendwo auf der Insel sollte es einen Friedhof der Ertrunkenen geben, das interessierte mich. Inselklabauter und verlorene Seelen versprach ich mir davon, Sagen von angespülten Toten, von Dünengeistern und von am Quermarkenfeuer herumspukenden Gespenstern, aber zur Nachmittagsführung musste ich zurück sein und ich wollte ohne Lotte gar nicht so weit von der Station weg.

Kurz zögerte ich, dann wandte ich mich nach rechts und lief über den Parkplatz in Richtung Hafen. Nur wenige Menschen waren zu sehen und der Kran für das Bungeejumping war gesperrt. Ein paar Fischbuden und Bretterverschläge standen in der Nähe der Mole, eingerahmt von Kuttern und Segelbooten, die auf Anhängern aufgebockt waren. Ihre Takelagen schwankten im Wind, verschweißte Tauenden schlugen gegen Metallrohre und die Masten zitterten unter dem Druck des Regens. Auf einem Schild wurden Butterfahrten nach Dänemark angeboten. Die Regentropfen hatten die Schrift verwaschen, die Buchstaben waren zu blassen Kreidespuren zerflossen. Ich fragte mich, ob diese Fahrten bei solchem Wetter wohl stattfanden. Eine Möwe schrie, ich sah auf und trat in eine Pfütze. Das Wasser platschte über den Rand meiner Docs und ich verzog das Gesicht.

Vor einem kleinen Laden mit bunter, pitschnasser Markise blieb ich stehen. In meiner Hosentasche tastete ich nach den Münzen, die ich immer bei mir trug, ein Markstück und zwei Fünfzigpfennigstücke, und drückte die Tür auf. Ich wollte mich nach einem Radiergummi mit aufgemaltem Leuchtturm umsehen. Vor zwei Jahren hatte ich mir so einen Radierer auf Amrum gekauft und hatte immer lächeln müssen, wenn ich ihn daheim in unserem stickigen Klassenzimmer benutzt hatte. Inzwischen war der nur noch ein abgerubbelter, farbverschmierter Stumpf. Und vielleicht würde es in dem Laden auch Briefpapier mit Schiffen geben oder zumindest eine Postkarte für meine Eltern und meine Oma.

»Moin«, sagte die junge Frau, die gerade in einer Ecke des Raums einer älteren Dame die weißen Haare schnitt. Ich sah mich verwirrt um. Kurz glaubte ich, in einen Friseursalon eingetreten zu sein, aber in den Regalen stapelten sich Zigaretten, Illustrierte, Zeitungen, Chipstüten und Kekspackungen. In einem Ständer vor mir waren ein paar vergilbte Postkarten ausgestellt und neben der Kasse lag ein Bastkorb mit Muscheln. »Moin«, murmelte ich und war stolz darauf, nicht mit »Grüß Gott« geantwortet zu haben. Ich trocknete meine Hände so gut es ging an meiner durchweichten Hose ab und nahm eine Karte aus dem Metallgestell. Sie zeigte grüne, vom Wind gebogene Halme auf sonnenbeschienenem Sand. *Einsamer Strandhafer* stand auf der Rückseite.

»Machst du Urlaub hier?«, fragte die junge Frau, die gerade konzentriert die Ohren der weißhaarigen Dame freischnippelte. »Ich arbeite beim Professor«, sagte ich und griff mir noch eine Karte: ein Kegelrobbenbaby mit großen, runden Knopfaugen. Sie ließ ihre Schere sinken und sah mich an. »Bist du dafür nicht noch ein bisschen jung?« Ich zuckte mit den Schultern. »Ich kann schon fast den Himmel lesen«, sagte ich. Und das stimmte. Ich übte jeden Tag und war mir, zumindest bei großen Schwärmen, inzwischen oft sicher, dass meine Zahlen richtig waren. Zumindest beinahe.

Sie sah nicht überzeugt aus. »Und du kommst mit Hansjörg klar?« »Der ist noch nicht da«, sagte ich. »Ah«, lachte sie. Mir gefiel dieses Lachen nicht. Meine nassen Sohlen quietschten, als ich mich vollständig zu ihr umdrehte. Irritiert sah ich auf den Boden und bemerkte erst jetzt, dass sich unter mir eine kleine Wasserpfütze gebildet hatte. Sie kam mir ein bisschen schwärzlich vor, die Batikfarbe, mit der ich meine Hose eingefärbt hatte, war wahrscheinlich nicht ganz waschfest. Und das rote Henna in meinen Haaren färbte auch oft ab, das sah unter der Dusche dann aus wie gelbliche Pisse und war im Schwimmbad immer besonders peinlich. »Oh«, sagte ich, »Entschuldigung.« Sie machte eine wegwerfende Geste mit der freien Hand. »Wir sind hier Pfützen gewohnt. Willst du die Karten?«

Ich zögerte. Die Robbe sah irgendwie zu fröhlich aus, der Strandhafer zu traurig. Ich konnte das meinen Eltern nicht schicken. Ich brauchte etwas Neutraleres, ein Gebäude vielleicht, ein reetgedecktes Haus mit Blumen davor oder einen weiß-rot geringelten Leuchtturm. Keine Kirche, keinesfalls, und schon gar keinen Friedhof.

»Ich komme ein anderes Mal wieder«, sagte ich und schob die Karten zurück in die Halterung. »Grüß Hansjörg von mir, wenn er da ist«, sagte sie. »Er soll sich mal wieder blicken lassen, Vater fragt oft nach ihm.« Sie zog einen Kamm aus ihrer Hosentasche und beugte sich wieder über die Haare der alten Frau. Ich nickte und öffnete die Tür. Sofort prallte der Wind gegen mein Trommelfell und rumorte in meinen Ohren herum. Ich war schon mit einem Fuß auf dem nassen Gehsteig, als mir noch etwas einfiel. »Sie wissen nicht zufällig eine Geschichte, in der eine irrsinnige Frau in den Dünen herumläuft?«, rief ich zurück in den Raum.

»Storm«, krächzte die alte Dame, die mir noch immer ihren Rücken zugekehrt hielt. Es war das einzige Wort, das sie sagte und sie sprach es mit getrenntem S-t, *S-torm*. »Ja«, nickte ich, »es stürmt ganz schön hier draußen.« Sie schüttelte ohne sich umzudrehen den Kopf, ein paar weiße Haarspitzen rieselten ihr dabei auf den geblümten Friseurumhang

und rutschten auf den Boden. »S-torm!«, sagte sie noch einmal mit Nachdruck. Eine Windböe drückte sich an mir vorbei und fuhr in den Laden. »Oh, Verzeihung«, sagte ich und
schloss eilig die Tür.

Ich war pitschnass, als ich in der Telefonzelle ankam. Die Regenhaut hatte nicht dicht gehalten und mein Pullover war
ganz nass. Ich spürte, wie sich unter der sumpfigen Wolle
eine Gänsehaut auf meinen Armen zu bilden begann und
meine Hände langsam klamm wurden. Schnell zerrte ich
die Kabinentür auf und schob mich in das trockene Zellen-
innere. Ich hatte keine Zehner dabei, aber heute war es mir
egal, wenn ich zu viel Geld einwarf. Ich wollte die Stimme
meiner Mutter hören, sofort.

Es war muffig in der Zelle, aber warm. Auf der zerschab-
ten Oberseite des Telefonkastens lagen Zigarettenstummel
herum und das eingehängte, schmale Telefonbuch hatte
Brandlöcher in dem zerrissenen Schutzrücken. Das Schild
eines Taxi-Unternehmens war mit der gelben Rückwand verschraubt. Als wir zum ersten Mal von hier aus telefoniert hatten, hatte ich auf ein Telefon mit Wählscheibe gehofft. Aber
selbst hier auf der Insel gab es nur noch Tasten. Ich mochte
das nicht. Ich vermisste das Geratter der zurückschnellenden
Drehscheibe. Das Gefühl, dass man die Tonhöhe ihres Sur-
rens durch den Schwung der Finger kontrollieren konnte.
Daheim hatten wir jetzt auch so ein Tastentelefon und es
klingelte, wie ich fand, irgendwie künstlich. Es war nicht
schrill genug, ich überhörte es meistens, wenn ich draußen
im Garten oder auf der Straße war.

Ich hob ab und wartete auf das Freizeichen. Der schwarze Hörer roch nach Rauch. Gleich beim ersten Mal kam ich durch, das überraschte mich. Unsere Leitung war jetzt oft belegt, meine Eltern waren ja nun viel zu Hause und mein Vater ständig am Telefon. Ich pustete gerade etwas Asche vom Kasten, als meine Mutter sich meldete.

»Mami«, rief ich und richtete mich auf. Aber dann stockte ich. Plötzlich wusste ich gar nicht mehr, warum ich angerufen hatte. Ich wollte meine Mutter nicht beunruhigen. Aber dazu war es natürlich zu spät. Ich rief außerhalb des vereinbarten Taktes an. Gestern erst hatten wir Lottes Eltern verständigt, das musste meiner Mutter verdächtig erscheinen. Ihre Stimme hatte prompt etwas Fragendes, als sie sagte: »Panda?«

Der vertraute Klang meines Kosenamens ließ mich schlucken. Außerhalb meiner Familie nannte mich niemand so, nicht einmal Lotte. Angeblich war es das erste Wort, das ich je gesprochen hatte. Ich hatte es, so erzählten es sich die Verwandten, gesagt, bevor ich *Mama* oder *Papa* hatte sagen können. Wir waren im Zoo gewesen und während meine Eltern damit beschäftigt gewesen waren, meinen Bruder davon abzuhalten, in irgendwelche Gehege zu klettern, hatte sich meine Oma über meinen Kinderwagen gebeugt und mir alle Tiere benannt. Af-fe. E-le-fant. Pan-da-bär.

»Was gibt es?«, fragte meine Mutter. Ich starrte auf den Notrufmelder, der fast auf Augenhöhe angebracht war. Mich reizte der. Einfach mal in eine Telefonzelle hineinmarschieren und den Steuerklöppel auf das rote Feld für die Feuerwehr ziehen, das wäre was. Ich fragte mich, wie die Glocke wohl klang, von der die da schrieben: *Hebel bewegen bis Glocke er-tönt.* Aber angeblich war das noch teurer, als wenn man sich dabei erwischen ließ, wie man im Zug die Notbremse zog.

»Panda, Kleines, sprich«, sagte meine Mutter.

»Die haben hier so ein Bungee-Ding aufgebaut«, begann ich und verzwirbelte die Metallkordel zwischen meinen Fingern. »Ich würde da gerne runterspringen.« Ich schob mich näher an die Kabinentür. Hinter der fleckigen, regenbesprenkelten Scheibe konnte ich den Kran kaum erkennen. Er schien im Wind zu schwanken und war verdammt hoch.

Die Stimme meiner Mutter wurde scharf. »Wir haben gerade wirklich andere Sorgen«, sagte sie. Ich nickte stumm. Dann drückte ich die Gabel nach unten und hoffte, dass es so klang, als wäre unsere Verbindung unterbrochen worden. Irgendwo in den Innereien des Apparats verschwand klappernd meine Münze. »Weiß ich doch«, murmelte ich in das dumpfe Geräusch des Regens hinein, der auf das dünne Zellendach trommelte. Und noch einmal: »Ich weiß das doch.«

Lotte lehnte im Türrahmen des Ausstellungsraums, als ich zurück in die Station kam. Sie sah anders aus als sonst, fremd. Ich verstand nicht, was da los war. Wie sich jemand in einer einzigen Nacht so verändern konnte. Dann begriff ich. »Wo hast du denn die Hose her?«, fragte ich. Lotte trug fast immer Kleider. Schwingende, glockenförmige, bunte, geblümte, gestreifte – oder Röcke, mit denen man große, flatternde Tellerkreisel erzeugen konnte. Im Winter zog sie Wollkleider an oder Faltenröcke über ihre Strumpfhosen. Sogar einen Hosenrock hatte sie, sie konnte sogar so etwas tragen. Ich bewunderte sie dafür. Mir standen keine Röcke, egal in welcher Form. Und Kleider schon gar nicht. Ich sah darin immer irgendwie falsch aus. Als wäre ich versehentlich für eine Theaterrolle eingekleidet worden, die ich gar nicht spielen konnte.

Sie lächelte mir zu. »Er wollte sie wegwerfen«, sagte sie verträumt. Ich sah mir die Hose genauer an. Es war eine helle Männerjeans, die an den Knien schon recht durchgescheuert war. Sie war Lotte viel zu groß, die Knie saßen irgendwo auf ihrem Schienbein. Lotte hatte die Hosenbeine hochgekrempelt und eines ihrer geflochtenen Haarbänder durch die Gürtelschlaufen hindurchgezogen.

»Ich habe mich gar nicht von ihm verabschiedet«, sagte ich. »Macht nichts«, antwortete sie. »Er ruft an. Das hat er mir versprochen.« Und als sie meinen fragenden Blick sah: »Es gibt hier ein Telefon, stell dir vor! Oben, beim Professor im ersten Stock. Mitarbeiter dürfen, wenn er da ist, zwischen achtzehn Uhr und achtzehn Uhr dreißig Telefonate entgegennehmen.« Ich horchte auf. »Das müssen wir unseren Eltern sagen«, rief ich. Mich beruhigte es zu wissen, dass meine Mutter mich erreichen konnte. Wobei mir das eigentlich hätte klar sein müssen, schließlich hatten wir ja von daheim aus auch schon mit dem Professor telefoniert. Aber Lotte schüttelte den Kopf. »Lieber nicht«, sagte sie, »sonst blockieren sie uns die Leitung.« Ich runzelte die Stirn und wollte widersprechen. Ich fand das egoistisch von ihr, so kannte ich sie gar nicht. Aber dann war ich mir nicht sicher, ob sie mit *uns* wirklich Julian und sich bezeichnete und nicht doch mich und sie. Oder uns alle: Hiller, Sebald, Fräulein Schmidt, Melanie. Ich zerrte meinen nassen Pullover über meinen Kopf und strich mir die feuchten Haare aus dem Gesicht. »Ich geh mal duschen«, sagte ich.

Als ich zurückkam, hatte Lotte das Krepppapier von der Lampe gezupft und fegte gerade den Sand im Ausstellungsraum zusammen. Ich griff mir den Handfeger aus der Abstellkammer im Flur und half ihr. Systematisch arbeiteten wir uns durch die einzelnen Ebenen des Erdgeschosses. Wir waren schon eingespielt. Jeden Tag mussten wir mindestens zweimal kehren, die Gäste und der Wind trugen uns, wie Sebald immer sagte, den halben Strand ins Haus. Wenn wir nicht aufpassten, fügte Hiller dann raunend hinzu, würden wir irgendwann von einer Wanderdüne verschluckt.

Danach entstaubten wir die Bücher und die ausgestopften Vögel im Ausstellungsraum. Ich schielte immer wieder zu Lotte hinüber, sagte aber nichts. Sie musste, dachte ich, von selbst anfangen, wenn sie mir von Julian erzählen wollte. Aber ich fragte mich doch, wie weit sie mit ihm gegangen war. Ob sie mich womöglich überholt hatte.

Als wir fertig waren, setzten wir uns an den Tisch. Ich schob Lotte ein Blatt Papier zu. »Wird Zeit für den nächsten Vogel«, sagte ich. Sie nickte und angelte die Dose mit den Buntstiften aus dem Regal. »Bluthänfling?«, schlug sie vor. Ich schüttelte den Kopf. Über den wusste ich fast gar nichts, ich hätte keine Ahnung gehabt, was ich über ihn aufschreiben sollte. Und nachzuschlagen fand ich feige.

Wir überlegten. »Lieber einen Tagvogel oder einen Nachtvogel?«, fragte Lotte schließlich. »Weiß nicht«, sagte ich. »Aber auf alle Fälle einen Zugvogel. Einen von den Thermikseglern, die mag ich.« Thermiksegler fand ich großartig. Die nutzten die aufsteigenden Wärmeströmungen der Luft wie einen Aufzug und kamen extrem hoch in den Himmel hinauf. Manche von ihnen überflogen sogar den ganzen Himalaya. Lotte kaute an einem ihrer Stifte. »Dann muss es ein Tagzieher sein«, sagte sie. »Nachts gibt es kaum Thermik.« Das war mir neu, aber ich nickte bestätigend. Ich fand toll, wie professionell wir klangen.

Lotte lachte plötzlich auf und begann zu malen. Ihre Locken fielen ihr in die Stirn, sie setzte den Stift an und wirbelte ihn über das Papier. Sie zog Linien und Formen, sie strichelte und schraffierte. Immer wieder hielt sie kurz inne, sie wechselte die Stiftfarbe und kicherte dabei vor sich hin. Ich beobachtete sie fasziniert. Ihr Gesicht hielt sie dicht über dem Papier, ihre Ohren spitzten zwischen ihren nach vorne baumelnden Haaren heraus und vor lauter Konzentration zog sie die Nase kraus. Der Anblick erleichterte mich. Sie sah jetzt wieder aus wie immer.

Es war ein großer Vogel, den sie zeichnete. Seine Schwingen hatte er weit ausgebreitet, sie waren schillernd und bunt. Mit tief gefingerten Flügeln segelte er direkt auf den Betrachter zu. Sein heller Bauch war ein wenig rundlich, aber die schmale Schwanzfeder streckte ihn in die Länge und verlieh ihm eine fast majestätische Haltung. Er sah stolz aus und ein wenig keck. Seine Augen waren rund und groß, sie hatten etwas Weises an sich, als wüsste er auf ziemlich viele Fragen ziemlich kluge Antworten. Ich hatte so einen Vogel noch nie gesehen. »Wer ist das?«, fragte ich neugierig. »Das«, sagte Lotte feierlich, »ist ein Seelenvogel.«

Ich grinste und zückte Papier und Stift. »Wir brauchen auf jeden Fall einen lateinischen Namen für ihn«, erklärte ich. »So was wie *Larus ridibundus* bei den Lachmöwen.« Ich war in Latein zwar nicht besonders gut, aber wie die Möwen hießen, hatte ich mir merken können. »Also, im Volksmund wird er schon mal Plobbomon genannt«, bestimmte Lotte. Ich nickte und schrieb es auf. »Er stammt…«, überlegte ich, »er stammt aus der Familie der Greifvögel. Oder besser der Raubvögel.« »Raubt er denn Seelen?«, fragte Lotte zweifelnd und betrachtete ihre Zeichnung. »Dazu sieht er eigentlich viel zu lustig aus.«

»Nein«, sagte ich und tat ganz empört. »Das weiß man doch: Er *rettet* Seelen! Er macht sie hell, wenn sie dunkel werden.« Lotte klatschte vor Begeisterung in die Hände. »Ja!«, rief sie. »Er ernährt sich von schwarzen Gedanken. Und von bösen Träumen. Und wenn man ihn sieht, wird alles wieder gut. Dann muss man sich nie mehr irgendwelche Sorgen machen. Die frisst er nämlich auf.«

»Brüten tut er in Abessinien«, fuhr ich fort. Das war ein Wort, das ich irgendwo auf der Insel aufgeschnappt hatte. Ich hatte keine Ahnung, wo das lag, aber es klang, fand ich, ganz prima, fast so schön wie Samarkand. Lotte hob ihre Augenbraue. »Dieses Kaiserreich? Wurde das nicht aufgelöst?« »Egal«, sagte ich. »Stimmt«, sagte sie. »Der brütet da, nur da. Und manchmal in Atlantis.« »Und in Rungholt«, nickte ich. »In wo?«, fragte Lotte. »Rungholt«, sagte ich. »Ist viel besser als Atlantis. Das liegt nämlich hier direkt vor der Tür.« Wir sahen hinaus in den Garten und über den Deich. Der Sturm schien etwas abgenommen zu haben, ein Spaziergänger schlenderte ganz aufrecht in Richtung der Salzwiesen. Auch das Meer hatte sich ein wenig beruhigt. Es war jetzt schiefergrau und die Wellen hatten nur noch zarte Schaumkämme.

»Und er ist natürlich sehr selten, der Plobbomon«, sagte ich. »Sehr, sehr selten«, bestätigte Lotte. »So selten wie ein schwarzer Schwan.« Sie beugte sich zu mir über die Notizen, ihr Handgelenk berührte meinen Ellenbogen. »Du riechst anders«, sagte ich und sah ihr direkt in die Augen. Lotte hielt meinen Blick. Dann nickte sie.

Sie zog ihren Stuhl näher zu mir heran und wir lehnten uns aneinander. Ich konnte spüren, wie Lottes Brustkorb sich hob und senkte. Sie atmete ganz ruhig. Stumm betrachteten wir den Seelenvogel. Er gefiel mir. Ich mochte, dass er so bunt war. Man konnte sehen, dass Lotte ihn gezeichnet hatte. Meiner wäre bestimmt schwarz gewesen. Und er hätte gesungen wie die Sisters of Mercy.

Das Geräusch war neu. Wir saßen beim Abendessen, als ich es wahrnahm. Lotte und ich hatten für alle Spaghetti gekocht und ich war ziemlich stolz darauf, dass wir das hinbekommen hatten ohne die Nudeln verkleben zu lassen. Ein bisschen weich waren sie vielleicht geworden, aber dafür hatten wir aus Dosentomaten eine echte Soße gemacht und nicht nur Ketchup auf den Tisch gestellt. Ich achtete jetzt auf so etwas, seit wir versehentlich Margarine statt Butter vom Supermarkt mitgebracht hatten. Hiller hatte die Margarine von sich geschoben und war aus dem Zimmer gegangen. Und Sebald hatte mit den Schultern gezuckt und gesagt: »Kann er nicht essen. Erinnert ihn an den Krieg.«

Für die Nudeln hatte Melanie uns ein paar regennasse Kräuter aus dem Garten gebracht und ich hatte fast einen ganzen Block Emmentaler zerrieben, damit wir den Käse wie in Italien über die Nudeln streuen konnten. Jetzt standen die dampfenden Teller vor uns, der Regen trommelte an die Fensterscheiben und wir aßen schweigend und lauschten den Abendnachrichten im Radio.

Ich fand das gut mit den Nachrichten. Zu Hause aßen wir auch immer abends um Punkt acht vor dem Fernseher. Es passierte ja so viel. Heute war in Spanien der Prozess um das vergiftete Speiseöl zu Ende gegangen. In West-Berlin marschierten Demonstranten gegen Ausländerfeindlichkeit. Und morgen würde Steffi Graf gegen Gabriela Sabatini spielen. Ich mochte Steffi. In den letzten Sommerferien hatte ich sogar einen Tenniskurs belegt, aber ich traf den Ball zu selten. Ohnehin hätte ich bei den Internationalen Turnieren aber ein Röckchen tragen müssen, deswegen war ich ganz froh darüber, dass ich gar kein Talent besaß.

Ich versuchte gerade, möglichst fachgerecht eine neue Portion Spaghetti um meine Gabel zu wickeln, als sich unter die Stimme des Nachrichtensprechers ein Poltern schob. Erst konnte ich nicht zuordnen, wo es herkam, es ließ sich im Haus nicht verorten. Ich sah aus dem Fenster, ich lehnte mich zurück und spähte in den Flur, aber da war nichts zu sehen. Dass Li Peng in Peking das Kriegsrecht über acht Stadtbezirke verhängt hatte, erzählte der Sprecher jetzt, und das Poltern wurde zu einem Schlurfen. Ziemlich undeutlich klang es zunächst, aber dann wurde es dumpfer und rhythmischer, als würde jemand einen hölzernen Steg betreten.

Da begriff ich, dass sich jemand im ersten Stock befand. Fragend sah ich Hiller an. Er kaute bedächtig. »Vielleicht Neptun«, sagte er und hob sein Bierglas. Die Schritte wurden lauter, sie zogen sich quer über die Decke. Fräulein Schmidt warf ihre Gabel auf den Teller und sprang auf. Ohne ein Wort zu sagen, verschwand sie. Ich stieß Lotte unter dem Tisch mit meinem Fuß an, Sebald seufzte und Melanie murmelte mit vollem Mund: »Heute schon?«

Wir mussten nicht lange warten. Der Mann war kleiner als ich. Hinter ihm erschien Fräulein Schmidt im Türrahmen. Sie hatte ihren Busen ein wenig vorgereckt und sah triumphierend aus. Er hielt sich sehr aufrecht, er versuchte, das Fräulein zu überragen, und ich hatte den Verdacht, dass die Sohlen seiner Schuhe ein bisschen höher waren als normal. Er war schlank, fast hager, aber er wirkte sportlich. Wahrscheinlich rannte er oder er schwamm. Für einen Rentner schien er mir noch recht jung. Das konnte an seinen Haaren liegen, die so hell wirkten, dass man nicht genau wusste, ob sie noch blond oder schon weiß waren. Sein Kopf war im Verhältnis zu seiner Statur ein bisschen zu groß. Eine Denkerstirn hatte er, dachte ich, oder gleich einen ganzen Denkerkopf. Seine Augen wirkten klein in diesem großen Gesicht, aber sie waren wach. Ich hätte gern gewusst, wie er ausgesehen hatte, als er in unserem Alter war. Wie er sich in unsere Schulklasse eingefügt hätte. Ob er sich dort möglichst weit vorne nah ans Lehrerpult hingesetzt hätte oder zu uns in die letzte Reihe.

Der Professor musterte uns. Er grüßte keinen. »Wird hier denn nicht gearbeitet«, war das Erste, was er sagte.

Vom Fliegen im Schlaf

Die Nacht war in Bewegung. Himmelskörper umliefen einander, Gezeiten wechselten, Sternzeit zu Springzeit, Sonne und Mond reihten sich auf und stemmten sich in das Kraftfeld der Erde. Wärme wich Kälte, Luftmassen verschoben sich und in den Außenthermometern zog sich das Quecksilber zusammen und sank. Die Flut wuchs an zu sich immer höher aufschaukelnden Bergen aus Wasser, ablandiger Wind brach Zweige von frisch getränkten Bäumen und Büschen. Alles wogte und schwang und bog sich im Mondlicht, silbrige Sandkörner wehten von den einsinkenden Dünen, der Schein des Leuchtturms umtastete die Sinuskurve der Wellen. In den Wildkaninchenhöhlen plusterten sich Hohltauben über ihren Gelegen auf, Nachttiere rumorten in den Wäldern, Igel fraßen Eier, gläserne Quallen schwemmten an Land und über die windzerschlagenen Wiesen glitten Eulen in ihren Pirschflug und setzten lautlos an zum Tötungsbiss.

Ich konnte nicht schlafen. Das Haus fühlte sich anders an seit der Professor da war. Wir hatten ihn heute den ganzen Tag über nicht zu Gesicht bekommen, aber seine Anwesenheit war trotzdem greifbar. Bei allen Mahlzeiten hatten Lotte und ich einen zusätzlichen Teller aufgedeckt und unbenutzt wieder abgeräumt. Wir waren unsicher, wie wir uns zu verhalten hatten, und wir fragten nicht nach. Es war die Stimmung, die uns stumm bleiben ließ. Und die Ungreifbarkeit der anderen. Melanie war bei der Nachmittagsführung mit einer Gruppe Kurgäste ungewöhnlich weit ins Watt hinausgelaufen und viel zu lange draußen geblieben. Sebald und Hiller sprachen noch weniger als sonst. Und Fräulein Schmidt war gleich ganz verschwunden.

Wir nahmen an, dass der Professor den ganzen Tag in seinen Privaträumen verbracht hatte, aber wir konnten von dort oben nichts hören. Kein Knarzen in den Deckenbalken, kein Gehen oder Türenschlagen, nicht das hackende Geräusch einer Schreibmaschine oder zumindest ein Räuspern. Lotte hatte sich am frühen Abend im Garten herumgedrückt. In ihrem roten Regenmantel hatte sie an den nassen Pflanzen des Inselmodells herumgezupft und zu den Fenstern des oberen Stockwerks hinaufgelugt. Sie hatte auf das Klingeln des Telefons gehofft, das es dort oben geben sollte, auf eine sich verschiebende Gardine, das Aufreißen eines Fensters, ihren gerufenen oder gebrüllten Namen, aber das Haus blieb still und Lotte wurde es auch.

Jetzt lag sie auf ihrer Pritsche und schlief. Sie trug noch immer Julians Jeans, obwohl sie nachts darin schwitzte. Seit seiner Abreise hatte sie sie nicht mehr ausgezogen. Ständig betastete sie die Hose, sie vergrub ihre Hände in den Taschen oder strich mit den Fingerspitzen über die abgewetzten Stellen und Risse. Selbst im Schlaf hatte sie ihre Daumen mit den Gürtelschlaufen verhakt, als hätte sie Angst, die Jeans könnte ihr über Nacht von den Beinen rutschen und ginge dann in ihrem Schlafsack verloren.

Mich ärgerte das. Diese Hose hatte, fand ich, in Lottes Bett nichts verloren. Sogar das Marsupulami hatte sie ausquartiert, seit sie die Hose trug. Es saß jetzt auf dem Fenstersims und sah ganz traurig aus.

Lottes getragene Röcke lagen auf dem Kellerboden herum. Besonders das grüne Sommerkleid, das sie am Abend der Party angehabt hatte, beschäftigte mich. Es lag halb unter der Pritsche und war völlig zerschlungen. Ein schmaler Streifen aus Mondschein fiel durch den oberirdischen Teil unseres Fensters und legte sich über die Wulst aus Stoff. Da, wo das Licht das Kleid eintauchte, sah das Material irgendwie merkwürdig aus, ein bisschen wie angeschmortes Plastik. »Was hat er mit dir gemacht?«, flüsterte ich dem Kleid zu. Ich drehte mich auf den Rücken und seufzte.

Ich wäre jetzt gern ein Vogel gewesen. Einer von denen, die ihre eine Gehirnhälfte einschlafen lassen konnten. Dann hätte ich einfach aufstehen und am Strand entlangspazieren können und wäre am nächsten Morgen trotzdem ausgeruht. Manchmal fragte ich mich sowieso nach dem Zweck des Schlafs. Ich fand ihn oft anstrengend, ich träumte meistens schlecht. Weltuntergänge kamen in meinen Träumen gerne vor, Feuerwalzen, Atombomben, die explodierenden Flugzeuge von Rammstein, Haustiere, die starben. Ich hoffte wirklich sehr, dass man nicht mehr träumte, wenn man tot war. Ich stellte mir das furchtbar vor. Im Englischunterricht hatten wir vor ein paar Wochen den Hamlet auf Video angesehen und da hatte der so was Ähnliches befürchtet: *for in that sleep of death what dreams may come*… In dem Augenblick hatte ich beschlossen, dass ich mich nicht umbringen würde, niemals. Vorgehabt hatte ich das ohnehin nicht, aber manche von meinen Klassenkameraden diskutierten da gerne drüber, vor allem nach dem Ethikunterricht. Wie man es machen würde. Wem man Bescheid gäbe. Und wo.

Die schlafenden Vögel träumten bestimmt nicht, während sie flogen. Sie mussten ja noch steuern, immer dem Polarisationsmuster des Himmels nach, da waren sie wahrscheinlich zu beschäftigt für Träume. Ich fragte mich, ob der Professor darüber etwas wusste. Und wie weit er mit seinen Forschungen überhaupt gekommen war. Vor allem interessierte mich, warum er in Rente gegangen war. Er musste viele Antworten gefunden haben. Ein echter Professor, dachte ich, konnte doch sonst nicht einfach aufhören mit seinen Untersuchungen.

Lotte schnaufte im Schlaf. Ich drehte mich zur Seite und betrachtete ihren Umriss auf der Liege. Sie hatte ihre Unterlippe vorgeschoben, sie träumte, das konnte ich an ihren flatternden Wimpern erkennen. Ich kannte sie schon so lange, dass ich mir gar nicht mehr vorstellen konnte, wie es ohne sie wäre. Sie durfte, beschloss ich, niemals sterben. Meine Oma hatte mir einmal gesagt, dass Lotte und ich wie Schwestern seien, vielleicht sogar besser, weil Geschwister, das wusste ich von meinem Bruder, sich öfter stritten. Meine Oma war es auch, die mir erzählt hatte, dass nachts alle Katzen grau wären und ich auf meine schlechten Träume nichts geben sollte. Weil mitten in der Nacht die Gedanken eben einfach düster wären, das sei normal. Aber wer so heftig schnarchte wie meine Oma, der träumte selbst sicher nie. Dazu war es den Träumen ganz einfach zu laut.

Als draußen die ersten Amseln zu hören waren, gab ich auf. Leise öffnete ich den Reißverschluss meines Schlafsacks und schlüpfte direkt in meine Docs. Ich zog mich nicht um, ich wollte Lotte nicht wecken. Ich trug eine schwarze Jogginghose und mein altes Alf-T-Shirt, das einzufärben ich nicht übers Herz gebracht hatte. Dass das mein Schlafanzug war, musste mir erst mal einer nachweisen.

Draußen hatte es aufgehört zu regnen. Zu Hause war ich nie so früh auf. Es war blaue Stunde. Ich streifte durch den Garten und verstand endlich, warum das so hieß. Alles wirkte bläulich getönt: die Heckenrosen, der Farn, sogar die Blätter des kleinen Birnbaums. Der nasse Rasen hatte einen hellblauen Schimmer und das Wasser im Inselmodell wirkte brombeerfarben. Über dem Meer lag ein Dunstschleier, der die Wellen so verwischte als zöge sich ein leicht schütterer Himmel einfach bis zum Grund. Ein paar blaustichige Vögel fuhrwerkten über mir in der Luft herum, aber ich war noch zu müde, um sie zu erkennen. Selbst der Deich kam mir blau vor. Wahrscheinlich sah auch ich aus wie ein Schlumpf.

Ich stieg auf den Deich hinauf und setzte mich. Der Boden war feucht, aber das war mir egal. Die Sonne lauerte schon unter dem Horizont, man konnte spüren, dass es heute schwül und stickig werden würde.

Ich wollte nicht denken. Ich rieb mir die Augen und versuchte, mich auf die Vögel zu konzentrieren. Es waren Austernfischer, die da herumflatterten, das sah ich jetzt. Ihre weißen Bäuche reflektierten die Dämmerung, aber ihre Schnäbel leuchteten klar und rot bis zu mir. Ich beneidete sie um diese Schnäbel. Sie konnten innerhalb von zehn Tagen ihre Form wechseln, je nachdem, ob es gerade mehr Würmer oder mehr Muscheln zu fressen gab. Das faszinierte mich. Auf den Halligen erzählte man den Kindern, dass die Austernfischer und nicht der Storch die Babys in diesen Schnäbeln herbeitrugen. Ich konnte verstehen, dass man ihnen das zuschrieb. Im Gegensatz zu den arroganten Störchen hatten sie etwas Unbekümmertes an sich. Das brauchte man wohl, wenn man eine Welt voller Hungersnot mit noch mehr Menschen bevölkern wollte.

Ein Windstoß fuhr mir in mein Gesicht. Von den Dünen stiegen noch mehr Vögel auf und mischten sich unter den Pulk. Ich hätte sie gerne gezählt, aber es waren zu wenige für eine meiner Himmelsseiten und zu viele, um sie einfach mit einem Blick zu berechnen.

Ich überlegte. Irgendwie musste sich der Trick, den Hiller mir beigebracht hatte, doch übertragen lassen. Kleinere Bücher versuchte ich mir vorzustellen, schmalere Seiten. Aber das passte alles nicht. Und dann dachte ich an Comics. An Dagobert Duck, an Calvin und Hobbes, aber vor allem an die finsteren Akira-Bände, die ich vor kurzem entdeckt hatte und die aufzuschlagen ich Lotte einfach nicht überzeugen konnte. Ich blickte auf die Austernfischer und suchte mir eine Stelle, die sich nicht so schnell verschieben konnte, mitten im Zentrum des kleinen Schwarms. Dorthinein zog ich eine Sprechblase. Ich regelte die Begrenzung nach, bis sie die richtige Größe zu haben schien. Sechs Vögel befanden sich darin. Ich schloss kurz die Augen und dachte an Hiller und an die Buchstaben.

Als ich die Augen öffnete, sah ich das ganze Bild. Die Sonne hatte sich inzwischen über den Horizont geschoben, ihr goldgelbes Licht floss über den Himmel und sickerte ins

Meer. Das Wasser bekam seine Farbe zurück, die Meeresfläche begann zu glänzen und wirkte viel lebendiger als vorher. Über mir jauchzten und sangen die Vögel, ich sah sie, ich hörte ihr Tirilieren, ich erkannte sogar, dass Jungvögel mitflogen, aber ich nahm sie trotzdem nicht mehr einzeln wahr. Stattdessen las ich. Sechs Sprechblasen waren das, sechs Sprechblasen mit kleinen, flatternden Buchstaben. Und eine halb gefüllte. Ich war mir sicher, dass meine Zählung stimmte. Das war es, ich hatte es geschafft.

Ich war jetzt ganz wach und trommelte mit beiden Handflächen auf die Deichoberfläche. Ein großer Brachvogel schraubte sich im Girlandenflug über mich hinweg. Er musste hinten im Moor aufgeflogen und noch auf der Suche nach einem Weibchen sein, er stieg auf und sank, stieg auf und sank und flötete dabei seinen fragenden Laut. Ich griff mir einen weißen Stein und kratzte es neben mir auf den nassen Damm: Austernfischer 39. Brachvogel 1. Darunter malte ich ein Herz. Dann sprang ich auf und drehte mich zurück zur Station.

Oben im ersten Stock stand jemand am Fenster der Wohnung des Professors. Der Sonnenaufgang badete die Scheibe in einem warmen Orange, aber dahinter war es genau zu sehen: die Silhouette einer nackten, hageren Frau, die hinausstarrte auf das Meer.

Der Professor fixierte mich. Es war später Nachmittag, wir saßen im Ausstellungsraum im Kreis und der Professor hörte nicht auf, mich anzusehen. Er blinzelte nicht. Seine Augen wirkten noch kleiner als bei unserer ersten Begegnung, aus der Nähe sahen selbst seine Wimpern blond aus. Die hohe Stirn war zerfurcht und die hellen Augenbrauen krümmten sich in Richtung Nasenwurzel. Es war ein Blick, wie ich ihn nur von Erwachsenen kannte. »Sie haben die Hausordnung nicht abgezeichnet«, sagte er und klickte mit einem Kugelschreiberende auf der hölzernen Tischplatte herum. »Sie können sofort wieder abreisen.«

Ich spürte, wie mir das Blut in die Wangen schoss. Ich hasste Ungerechtigkeit. Ich holte Luft, um zu sagen, dass uns das ja mal jemand hätte mitteilen können, aber ich hatte Angst, meine Stimme könnte zittern. Außerdem wollte ich nicht versehentlich jemanden anschwärzen, ich konnte Petzen nicht leiden. Hiller beugte sich neben mir vor und klopfte seine Pfeife im Aschenbecher aus. »Hansjörg«, sagte er ruhig. »Das ist unser Fehler, woher sollten die beiden das denn wissen.«

Der Professor hatte die Versammlung einberufen und als Lotte und ich den Tisch mit Tee und Keksen und Kirschen hatten vorbereiten wollen, war der Professor schon am Regal gestanden und hatte in dem grauen Notizbuch mit unseren Vogel-Auswertungen geblättert. Er trug ein schwarzes Hemd und eine Jeans. Das überraschte mich. Rentner trugen so etwas nicht, zumindest nicht die Rentner, die ich kannte. Das Notizbuch hielt er wie meine Oma es manchmal tat: mit ausgestrecktem Arm ganz weit von sich weg. Beim Lesen bewegte er lautlos die Lippen. Er war so konzentriert, dass er uns gar nicht bemerkte. Ich stieß Lotte an, ich wusste nicht, ob wir ihn stören durften. Oder wie man überhaupt ein Gespräch mit so jemandem begann. Ich hatte vor ihm noch nie einen echten Professor getroffen. In unserer Schule gab es einen schlecht gelaunten Lateinlehrer mit Doktortitel, der, so munkelten wir, mal ein Angebot von einer Universität bekommen hatte. Selbst ihn betrachteten wir schon alle voller Ehrfurcht. Lotte musste wahrscheinlich auch daran denken, denn sie schien genauso eingeschüchtert zu sein wie ich. »Guten Tag«, hatten wir schließlich beide gemurmelt. Der Professor hatte kurz den Blick von den Vogelnamen und von den Zahlen und Orten gehoben und uns wortlos zugenickt. Und Lotte hatte, die Glasschale mit den glänzenden Kirschen in beiden Händen haltend, versehentlich einen Knicks gemacht.

»Geben Sie uns halt diese Hausordnung«, sagte ich jetzt und bemühte mich, ganz gelassen und erwachsen zu klingen. »Das ist doch echt kein Ding.« Einen Moment lang herrschte Schweigen. Es war schwül im Raum, ich schwitzte, obwohl ich mich gar nicht bewegte. Die Feuchtigkeit der vergangenen Nacht war aus dem Inselboden aufgestiegen und wölbte sich als drückende Glocke über die Dünen. Draußen rollte das Meer so hoch, dass wir es selbst hier drin hören konnten. Das war ungewöhnlich, die Station lag durch die Landbiegung des Ellenbogens ziemlich geschützt. Die Sonne verströmte ein schwefeliges Licht und vom dänischen Festland trieben merkwürdig durchbrochene Wolkenformationen heran. Sie zogen schnell, ihre ausfransenden Schatten flackerten über den Garten und verdunkelten und erleuchteten den Ausstellungsraum in einem unregelmäßigen Takt. An der Scheibe surrte eine Fliege herum, ihr kleiner schwarzer Körper warf sich wieder und wieder gegen das Glas. Ich wäre gern aufgestanden und hätte die Fenster geöffnet, ich konnte hier drin fast nicht mehr atmen. Aber der Professor sah mich immer noch an.

Melanie räusperte sich. Sie war auch verschwitzt, unter ihren Achseln hatten sich nasse, kreisrunde Flecken in ihr gestreiftes Oberteil gesogen. Mit der einen Hand fächerte sie sich Luft zu, mit der anderen kramte sie einen Zettel aus der Tasche ihrer roten Caprihose und schob ihn dem Professor zu. »Wir haben durch die Führungen in der letzten Woche zweihundertdreiundneunzig Mark eingenommen«, sagte sie. »Dreihundertfünfzig Mark und fünfzig Pfennige in der Woche davor.«

Der Professor löste endlich seinen Blick von mir. Er griff sich den Zettel, fuhr mit dem Kugelschreiber über die Spalten aus Daten und Summen und runzelte die Stirn. »Ich wollte eine Einzelaufstellung der Spenden«, sagte er. »Mit eindeutigen Nachweisen, wer bei welcher Führung wie viel Geld eingenommen hat. Nicht jeder Mitarbeiter ist für den Kontakt mit Besuchern geeignet.«

Melanies Nackenmuskeln spannten sich kurz an, ich vermutete, dass sie den Impuls unterdrückte, automatisch den Kopf zu Lotte und mir zu drehen. Sie wollte sicher auch nicht petzen. Bei unserer ersten gemeinsamen Führung hatten wir vergessen, gleich zu Beginn die Spendendose herumgehen zu lassen. Als es uns am Ende eingefallen war, war die Hälfte der Besucher bereits ausgeschwärmt: zum Hafen, ins Watt, an den Strand. Wir hatten keine Chance gehabt, das Geld noch einzusammeln.

»Das lässt sich jetzt nicht mehr rekonstruieren.« Melanies Stimme klang viel fester und tiefer als sonst. Selbst ihre Haare sahen anders aus, irgendwie platter und ordentlicher, aber das lag vielleicht an der Schwüle hier drin. »Julian ist ja schon weg.«

Der Professor brummte etwas und strich mit beiden Handflächen den Zettel glatt. Ich sah, dass an seinen Daumen die Haut am Nagelbett eingerissen war. »Wieso war das WC heute Morgen nicht abgeschlossen?«, fragte er Lotte. Im Sitzen war er fast so groß wie Sebald. Lottes Augen wurden ganz rund. »Was?«, fragte sie verwirrt und sah mich hilfesuchend an. »Besucher sind davon abzuhalten, die Toilette zu benutzen«, fuhr der Professor fort, »Verstopfungen haben den Verein bereits zweimal fünfhundertdreißig Mark gekostet.« »Welchen Verein?«, fragte ich. Fräulein Schmidt lachte auf und der Blick des Professors schoss zurück zu mir.

Ich rutschte auf meinem Stuhl herum. Natürlich wusste ich, dass der Professor einen gemeinnützigen Verein gegründet hatte, der die Station offiziell betrieb. *Allianz für Seevogelschutz* nannte er ihn. Ich hatte das nur einen Moment lang vergessen. Und wenn er ernsthaft wollte, dass ich künftig alten Damen, die nach vollgesogenen Windeln rochen, und kleinen Kindern mit panisch verkreuzten Beinen verbieten sollte, aufs Klo zu gehen, dann hatte er sich aber geschnitten.

Die Stimme des Professors wurde lauter. Er lehnte sich mir über den Tisch entgegen. »Haben Sie«, er betonte jedes Wort, »sich überhaupt informiert, bevor Sie hierherkamen?« Über seiner Oberlippe hatte sich ein Film aus Schweiß gebildet. Hiller neben mir seufzte. »Hansjörg, nun lass gut sein«, sagte er. »Die beiden jungen Damen haben sich in den letzten Tagen sehr nützlich gemacht.«

Der Professor warf den Kugelschreiber auf den Tisch und wir zuckten zusammen. »Sollten sie auch«, sagte er. »Es gibt genug Interessenten, die dankbar wären, hier arbeiten zu dürfen.« Ich öffnete den Mund, aber da war schon Lotte neben mir aufgesprungen. »Wir haben uns wohl informiert«, rief sie. Die Sommersprossen in ihrem erhitzten Gesicht wirkten fast so dunkel wie die zwei Süßkirschen, die sie sich über das rechte Ohr gehängt hatte.

»Dann nennen Sie mir doch einmal ein paar Möwenarten«, sagte der Professor. »Ich bin doch hier nicht in der Schule«, fauchte ich und verschränkte meine Arme, doch Lotte begann schon zu deklamieren. »Lachmöwe, Sturmmöwe, Heringsmöwe, Mantelmöwe, Silbermöwe, Dreizehenmöwe, Zwergmöwe, Rosenmöwe, Gelbfußmöwe, Rotschnabelmöwe, Braunkopfmöwe, Silberkopfmöwe, Graukopfmöwe ...«, rief sie und holte Luft. Ihre Locken hüpften auf ihrem Kopf herum, die Kirschen zitterten unter ihrem Ohrläppchen und ich wusste, dass sie gleich mit dem Fuß aufstampfen würde. Sie sah aus wie ein wild gewordener kleiner Waldgeist.

Sebald, der gerade eine Tasse an seine Lippen gesetzt hatte, prustete in seinen Kaffee hinein, er verschluckte sich und fing an zu husten, Melanie grinste und klopfte ihm auf die Schulter, Hiller schmunzelte und selbst der Professor verzog seinen Mund zu einem schiefen Lächeln. »Nun setzen Sie sich wieder, ich glaube Ihnen ja«, sagte er und schob Lotte den Teller mit den Keksen hin. Und ich atmete wieder aus.

In der nächsten Stunde gingen wir die Aufgaben für die Tage bis zu unserer Abfahrt durch und Lotte und ich unterzeichneten die Hausordung. Ich wollte entrüstet bleiben und dem Professor skeptische Blicke zuwerfen, aber es gelang mir nicht. Ich war zu aufgeregt. Der Professor wollte, dass wir am kommenden Tag um sechs Uhr morgens zum Möweneierzählen in den Koog gingen. Das konnte ich erst gar nicht glauben. Niemand betrat den Koog. Der Koog war verboten. Wir hatten allen Besuchern einschärfen müssen, dass sie niemals in dieses Gebiet gehen durften. Dort brüteten die Möwen. Sie waren Bodenbrüter, ihre Nester waren leicht zu übersehen.

»Der Aierkönig geht dort um«, flüsterte Hiller. Er sprach das Wort komisch aus, als hätte es ein A am Anfang. Ich lächelte ihm zu. Ich hatte keine Ahnung, wer der Aierkönig war. Er klang nach einem Gespenst. Aber an Hillers Seite war mir nichts unheimlich. Seine Nähe beruhigte mich, er roch nach Tabak und Rasierwasser und Kaffeepulver. Nur Väter rochen so.

Der Professor stand auf der Terrasse. Er sah in die jetzt gelblichen Wolken hinauf, die viel zu tief über dem Garten zu hängen schienen, und betupfte sich sein Gesicht mit einem gefalteten Stofftaschentuch. Ich stellte mich neben ihn und versuchte, unmerklich ein bisschen in die Knie zu gehen und meinen Rücken krumm zu halten. Er fand es bestimmt nicht gut, dass ich größer war als er.

»Herr Professor«, sagte ich, »Herr Professor, darf ich Sie etwas fragen?« Meine Stimme klang belegt, sie drang kaum durch die stockende Luft hindurch. Alles war gedrückt, selbst das Haus in unserem Rücken wirkte müde unter dem aufgestauten Himmel.

Er sagte nichts, aber er hob sein Kinn und ich nahm das als Zustimmung. »Die Zählungen, die wir hier machen«, sagte ich, »was geschieht mit denen?« Er faltete sein Stofftaschentuch, steckte es aber nicht ein. Stattdessen drehte er das Tuch zwischen seinen Fingern herum, immer Daumen auf Zeigefinger, und beobachtete interessiert dessen Umlauf. »Wir erstellen Phänogramme«, sagte er langsam.

Das war ein Wort, das ich noch nie gehört hatte, aber ich war nicht bereit, das zuzugeben. »Logo«, nickte ich und bemühte mich, sein Taschentuch genauso fasziniert zu betrachten wie er. »Aber was machen unsere Phänogramme denn mit dem Gesamtbild? Beeinflussen sie die Untersuchungen irgendwie?« Ich hätte auch fragen können: *Wozu machen wir das.* Aber ich wollte ihn nicht wieder wütend machen.

Irgendwo in der Ferne war ein Donnergrollen zu hören. Es klang hohl und dumpf und schien vom anderen Ende der Insel zu kommen. Der Professor besah weiter sein Taschentuch. Es war weiß und mit grünen Linien eingefasst. Die Bügelfalten waren so scharf, dass der Stoff wahrscheinlich gestärkt worden war. Mein Opa hatte ganz ähnliche Schnupftücher gehabt, in die meine Oma an verregneten Nachmittagen das Monogramm seines Namens eingestickt hatte.

»Es gibt kein Gesamtbild«, sagte der Professor schließlich. »Alles ist immer in Bewegung.« Ich überlegte. »Wie die Zugvögel?«, fragte ich. »Wie die, die schlafen, obwohl sie weiterfliegen?« Die Drehung des Taschentuchs stockte kurz.

Wieder donnerte es. Es kam aus einer völlig anderen Richtung als zuvor, von irgendwo vor uns, weit hinter dem Meer. Ich konnte keine Blitze sehen, kein Wetterleuchten, nichts, das die hoch aufgetürmten gelben Wolkenwände durchschnitt. Hinten am Horizont hing ein lang gezogener, unbewegter Schleier, der direkt aus einem der aufgeplusterten Wolkenbäuche zu kommen schien. »Sieht aus, als würde die auslaufen«, sagte ich und zeigte mit dem Finger in die Ferne. Der Professor sah nicht hin, stattdessen drehte er sich mir zu und blickte mich schweigend an. Seine Wangen waren schlaff, obwohl er so hager war. Das Gesicht wirkte ausdruckslos, der Blick leer. Er sah aus, als wäre er selbst niemals jung gewesen. Plötzlich hatte ich den Verdacht, dass er vielleicht einfach nicht wusste, wie man mit Kindern sprach. Auch wenn ich selbst natürlich schon ziemlich erwachsen war.

Ich senkte meinen Finger ab und versuchte, den Blick des Professors zu halten. Wir standen ganz nah beieinander, ich sah die einzelnen hellen Wimpernhärchen. Die Pupillen seiner Augen waren klein und das Weiß um die braune Iris herum wirkte beim linken Augapfel ein bisschen gelblich. Ich atmete flach und traute mich fast nicht zu zwinkern. Am liebsten hätte ich mich abgewendet, aber das kam nicht in Frage. Wenn ich lang genug durchhielt, würde er doch etwas sagen müssen. Der Professor verzog leicht den Mundwinkel nach unten. »Schlaf«, sagte er schließlich knapp und drehte sich wieder dem Meer zu, »Schlaf ist schwer nachweisbar. Man kann sein ganzes Leben daran verschwenden.« Irgendetwas an seinem Tonfall war merkwürdig.

Auf der dickflüssigen Wasserfläche zog ein Kutter eine träge nachschwappende Fahrspur hinter sich her. Sein Motor wirkte gedämpft, wie in Watte oder Schaumstoff verpackt, man konnte das stotternde Fahrgeräusch nur erahnen. Und plötzlich begriff ich: unter seiner Ungerührtheit klang der Professor traurig.

»Ich weiß auch nie genau, ob ich geschlafen habe«, sagte ich tröstend. Der Professor lachte. Aber es war kein schönes Lachen, eher ein Bellen oder ein Schnauben, es schien mehr verächtlich als belustigt. »Ich meine«, versuchte ich mich hastig zu erklären, »ich meine, dass ich verstehe, dass sich so was nicht belegen lässt. Vor allem, weil man die Vögel ja schlecht fragen kann. Aber dass eben, selbst wenn man es könnte, die Vögel es ja wahrscheinlich selber nicht einmal wüssten und einem dann auch nichts darüber erzählen würden. Weil man ja meistens selber nicht weiß, wenn man gerade schläft oder träumt.« Ich verstummte. Ich merkte selber, wie verworren ich klang.

Dicht über dem Deich zuckten ein paar Küstenseeschwalben durch die schwere Luft. Sie waren das Einzige, was sich schnell bewegte. Ihre Schreie wirkten viel höher und schärfer als sonst. Der Professor rührte sich nicht. Ich war mir nicht einmal sicher, ob er noch wusste, dass ich neben ihm stand.

»Wann lernen wir denn Ihre Frau kennen«, fragte ich höflich und richtete mich ein bisschen auf. Mein Rücken begann zu schmerzen. Jetzt kam Leben in den Professor, er wirkte überrascht. »Meine Frau? Meine Frau kommt nie hierher«, sagte er energisch und stopfte das Taschentuch in die Brusttasche seines schwarzen Hemds. »Sie hat eine Salz-luftallergie.«

Ich sah ihn verwirrt an. »Aber ich hab doch…«, begann ich und wollte zum Fenster im ersten Stock hinaufdeuten. Doch dann hielt ich inne und biss mir auf die Lippe. Stumm sah ich zu, wie der Professor sich umdrehte, zurück ins Haus ging und mit einem Ruck die Tür des Ausstellungsraums hinter sich zuzog. In der Reflexion der Türscheibe sah ich mich mitten in den verknäulten Wolken stehen. Ich stand breitbeinig und schief, meine Docs ließen mich merkwür-dig plump erscheinen. Ich drehte mich weg und rieb mir meine brennenden Wangen. Selbst mein Spiegelbild wirkte naiv. Manchmal war ich, obwohl ich doch schon so alt war, noch immer ziemlich klein.

Das Gewitter entlud sich mitten in der Nacht. Der Regen rauschte vor unserem gekippten Kellerfenster und grelle Lichtfetzen erhellten unser Zimmer. Im Halbschlaf nahm ich wahr, dass Lotte in meinem Rücken ihre Liege näher zu mir heranschob und sich mit einer Hand in mein Kopfkis-sen krallte. Ich wusste, dass sie Angst vor Unwettern hatte, ein Onkel von ihr hatte einmal einen Einschlag nur knapp überlebt. Im Röntgenbild hatte man erkennen können, wie die Knochen und Ellen in seinem Arm geborsten waren. Sie sahen, hatte Lotte mir damals schaudernd erzählt, selbst aus wie ein kleiner verästelter Blitz.

Wieder flackerte ein zerspreißelter Lichtbogen auf und fast gleichzeitig erschütterte ohrenbetäubender Donner die Station. Das komplette Gebäude schien unter dem Dröhnen zu erzittern, der Einschlag konnte nicht weit entfernt gewesen sein. Es fühlte sich an, als wäre tief unter uns ein Sprengsatz detoniert, direkt im tiefsten Inneren des Inselkerns. Ich bildete mir sogar ein, ein leise nachsurrendes, elektrostatisches Knistern zu hören.

Lotte wimmerte. Ich tastete nach ihrer Hand und gab ihr einen Kuss auf die Fingerspitzen. Sie rückte noch ein wenig näher an mich heran und schmiegte sich an meinen Rücken. Wir hielten ganz still. »Warum ruft er nicht an?«, flüsterte Lotte schließlich in mein Haar hinein. Ich drehte mich ihr mit geschlossenen Augen zu, aber ich antwortete nicht. Wir lagen so dicht beieinander, dass wir uns an der Stirn berührten. Lottes Atemzüge waren schnell und hart. Sie roch nach Zahnpasta und Apfelshampoo. An den Wänden flatterten unsere Vogelzeichnungen in den Windstößen, die in unregelmäßigen Rhythmen durch den aufklaffenden Fensterspalt fuhren. Die umklappenden Blattkanten schlugen am Mauerwerk auf, es klang wie das hektische Flügelschlagen von fliehenden Vögeln.

Wir blieben still und lauschten. »Der Professor hat was mit der Schmidt«, wisperte ich, als es draußen endlich leiser wurde und nur noch das Glucksen des ablaufenden Regenwassers zu hören war. Aber da war Lotte schon eingeschlafen, die freie Hand tief in der Tasche von Julians Jeans vergraben. Ich strich ihr eine verschwitzte Locke aus der Stirn, sie lächelte im Schlaf.

Hiller und Melanie warteten am Gartentor auf uns. Sie trugen beide Gummistiefel und dicke Jacken und sahen kein bisschen müde aus. »Wo ist denn Sebald?«, fragte ich und gähnte. Ich konnte gar nicht glauben, dass ich schon wieder so früh auf den Beinen war. Hiller schüttelte den Kopf. »Er macht das nicht«, sagte er. Es klang so bestimmt, dass ich nicht weiter nachfragte. Auch wenn ich die Formulierung merkwürdig fand, *er macht das nicht.* Vielleicht hatte es wieder etwas mit dem Krieg zu tun, es wirkte ein bisschen wie die Sache mit der Margarine. »Und Fräulein Schmidt?«, fragte Lotte. »Wo treibt die sich rum?« Ich sah sie überrascht von der Seite an. »Hat Besseres zu tun«, sagte Melanie und öffnete schwungvoll das Tor.

Die Insel wirkte nach dem nächtlichen Gewitter wie frisch geputzt. Der Niederschlag hatte Blütenstaub und Pollen von den Sträuchern und Bäumen gewaschen. Der Himmel war von einem hellen Wolkenschleier überzogen, die weißen Dolden der Holunderblüten glänzten im weichen Licht. Die Luft war klar und kühl und selbst die Meeresoberfläche wirkte wie blank gewienert und roch nach Regen.

Ich hatte angenommen, dass wir über den Deich zum Strand gehen würden, dann am Flutsaum entlang, bis hin zum Knick des Ellenbogens und durch die Dünen bis zum Koog, aber Hiller führte uns um das Haus herum. Ein kühler Wind wehte durch die Straße. Ich verkroch mich in meinem alten Wollpullover und wünschte, ich hätte daheim mein rot-weißes Palästinensertuch in den Rucksack gepackt. Ich war unsicher gewesen, ob ich es mitnehmen sollte, weil ich noch immer nicht so genau wusste, wo ich mich politisch einordnete – und vor allem, weil es nicht schwarz war. Dabei war der Pulli, den meine Oma mir gestrickt hatte und den ich mich deswegen nicht zu färben traute, doch auch rot.

Der Ort war noch nicht wach. In den reetgedeckten Häusern schlummerten die Urlauber hinter zugezogenen Gardinen, keine Kinder lachten, keine Radios spielten, die Gartentore waren geschlossen. Nur vom Hafen hörte man die Rufe der Fischer, die vom Nachtfang anlandeten, das Rattern von Schiffsmotoren, das dumpfe Aufsetzen der Kisten voller Krabben und Schollen und Seezungen auf der steinernen Mole.

Wir liefen an geparkten Autos und abgestellten Bollerwagen vorbei und folgten der Hafenstraße bis zu einer Sackgasse. Ich war dort noch nie gewesen. Ein schmaler, verwachsener Trampelpfad zog sich von hier aus direkt in die Nordspitze der Insel hinein. Wir zwängten uns durch verhedderte Sträucher hindurch und stiegen über ein kleines Mäuerchen hinweg. Dann öffnete sich das Plateau vor uns. Dotterblumen und Kleeblüten schimmerten auf der Wiese, Austernfischer spazierten im feuchten Gras herum und stießen mit ihren Schnäbeln in den torfigen Boden und weiter hinten glänzte ein Süßwassertümpel in einer hellgrünen Umrandung aus Entengrütze. Wir liefen zügig, unter meinen Schuhsohlen quietschten nasse Pflanzenhalme. Ein Grauganspaar watschelte eine Weile mit uns mit, der Ganter hatte die Brust stolz vorgewölbt, die kleinen Küken purzelten hinter ihm her. »Gössel«, korrigierte mich Melanie, als ich sie darauf aufmerksam machte. »Die Gänseküken heißen Gössel.«

Vor einem verrosteten Schaftor blieben wir stehen. *Koog,*

Brutgebiet, Betreten strengstens verboten, stand in schiefen Buchstaben auf einem selbstgemalten Schild, das mit Draht an den Querstreben festgezurrt war. Ich glaubte, Julians Schrift zu erkennen. Hiller bückte sich und nahm einen abgebrochenen Zweig vom Boden auf. Er wischte mit seinem Fuß eine Erdfläche frei und ritzte mit der Zweigspitze einen bohnenförmigen Umriss in den Boden. »Das«, sagte er, »ist der Koog.«

Wir nickten. Ich wusste nicht viel über den Koog. Nur, dass er vor langer Zeit dem Meer abgetrotzt worden war. Das war hier besonders wichtig, weil die Insel ins Wasser bröckelte und immer weniger wurde. »Die Kolonie befindet sich etwa hier.« Hiller deutete auf eine Ausbuchtung in seiner Zeichnung. »Wir nähern uns von zwei Seiten, einmal von hier aus – und von hier.«

»Klingt wie ein Indianerspiel«, lachte Lotte. Aber Hiller ging nicht auf sie ein. »Möwen sind Bodenbrüter, aber sie reagieren unmittelbar«, fuhr er fort. »Laufen Sie zügig, zählen Sie schnell. Bleiben Sie nicht stehen, keinesfalls.«

»Ich kann mit Lotte gehen«, sagte Melanie. »Ist vielleicht besser beim ersten Mal.« Lotte und ich sahen uns an. Mir gefiel Melanies Tonfall nicht. Und Hillers Gesichtsausdruck auch nicht. Sie wirkten beide besorgt. Ich hatte mir gar keine Gedanken darüber gemacht, wie es werden würde, die Möweneier zu zählen. In der Marsch hatte ich vor ein paar Tagen eine brütende Eiderente gesehen. Sie waren schwer zu finden, zu sehr glichen sich die Weibchen mit ihrem braun gescheckten Gefieder der Umgebung an. Die Eiderente war ganz still sitzen geblieben, sie hatte nur ihr Köpfchen von mir weggedreht, um, wie mir Hiller später erklärte, sich nicht durch den Lichtpunkt ihrer Augen zu verraten. Ich war leise an ihr vorübergegangen, es war ein schöner Moment gewesen, ganz friedlich. Dass das Zählen der Möweneier gefährlich werden könnte – darauf war ich überhaupt nicht gekommen.

»Sie dürfen keine Angst zeigen«, sagte Hiller jetzt. »Das ist wichtig. Möwen können reichlich aggressiv werden, wenn sie ihre Brut bedroht sehen.« Melanie grinste ein wenig schief: »Der Professor betont deswegen immer: Mitgehen auf eigene Gefahr. Wahrscheinlich schimpft er wieder, weil wir euch nichts haben unterschreiben lassen.« Lotte trat von einem Fuß auf den anderen. »Aber wir sammeln die Gelege doch nicht ab?«, wandte sie ein. »Das merken die doch? Dass wir nichts stehlen?«

Hiller schüttelte den Kopf. »Eine Möwe unterscheidet nicht«, sagte er. »Und ein Möwenei war früher dreimal so viel wert wie ein Hühnerei. Da können Sie sich vorstellen, was hier los war. So was vergessen diese Vögel nicht, das geht direkt über ins Familien-Gedächtnis.«

Ich zupfte an meinem roten Wollpulli herum. Ich ärgerte mich, dass ich ausgerechnet heute nicht völlig schwarz angezogen war. Vielleicht hatten Möwen ja etwas gegen die Farbe? Stiere zumindest schienen mit Rot ja ein Problem zu haben. Und Gänse auch. Wer sagte mir, dass Möwen das anders sahen?

Melanie legte einen Arm um Lotte und tätschelte ihren Oberarm. »Komm«, sagte sie und lächelte ihr aufmunternd zu. »Die werden uns schon nicht die Augen aushacken.« Ich sah Hiller an, ich wollte, dass er das bestätigte, aber sein Ge-

sicht blieb unbewegt. »Wir treffen uns alle wieder hier, danach«, sagte er knapp.

Ich folgte Hiller am Zaun entlang. Ein paar Federn lagen
im Gras, aber ich blieb nicht stehen, um sie zu bestimmen.
Wir umliefen den Koog, um unten an der Meerseite in das
Brutgebiet einzusteigen. Der Wind wurde stärker, je näher
wir dem Ufer kamen. Trotzdem war mir nicht mehr kalt.
Ich schwitzte und mein Puls hatte zu hämmern begonnen.
Immer wieder flog mein Blick auf die andere Seite des Zauns.
Das Gelände war von hier aus nicht gut einsichtig und ich
konnte in den Bodenwellen aus Sand, Stein und graugrü-
nen Strauchflechten keine Nester erkennen. Überhaupt sah
heute alles ein wenig bleich und verwaschen aus. Das Mor-
genlicht war ganz anders als gestern früh, die Farben flossen
ineinander über und der Himmel über uns blieb milchig und
leer. Nur hinten über der Aussichtsdüne sah ich ein paar Silbermöwen in die kühle Luft aufsteigen. Ihre weißen Körper
zeigten wie Pfeile in unsere Richtung, sie wirkten, fand ich,
irgendwie argwöhnisch. Ich fragte mich, ob sie uns beobachteten. Ob sie wussten, wohin wir wollten.

Vor einem kleinen Spalt im Maschendraht blieb Hiller
stehen. »Bereit?«, sagte er. Ich nickte. Mein Mund war auf
einmal ganz trocken. Hiller drückte den Zaun ein wenig weiter auf und ich schlüpfte an ihm vorbei, direkt auf den Koog.

Zuerst war alles still. Links von uns schwappten die Wellen an die Böschung, rechts von uns zog sich der Koog in
die Landschaft hinein. Ich kniff die Augen zusammen, aber
ich konnte die Nester noch immer nicht entdecken. Hiller

nickte mir zu und wir liefen noch ein paar Schritte über den weichen Boden. Wir überquerten einen kleinen Hügel und dann sah ich sie.

Sie saßen dicht an dicht. Sie pressten ihre Körper in kleine Kuhlen aus Gras und Moos und vertrocknetem Tang. Viele von ihnen waren aufgeplustert, sie erinnerten mich an meine schlafenden Wellensittiche daheim. Es war ein schönes Bild: die vielen, über den Abhang verteilten Vögel, der weiße Flaum ihres Gefieders, dazwischen: lilafarbene Büschel aus Strandnelken oder Meersenf, helle Flecken aus silbrigem Sand.

Hiller winkte mir und wir traten näher. Ich hörte das Knacken von getrocknetem Vogelkot, das leise Knirschen der sich verschiebenden Sandkörner unter meinen Füßen. Die Vögel rührten sich nicht, aber ich spürte, dass sie lauerten. Ich atmete flach. Eine Spannung lag über der Ebene, ein leichtes Vibrieren.

Ich musste nicht lange warten. Der Schrei kam von der anderen Seite des Koogs. Lotte und Melanie mussten beim ersten Nest angekommen sein, eine Silbermöwe schoss dort steil in den Himmel, ihr Hals war weit vorgereckt, ihr Schnabel aufgesperrt. Ihr Schrei war schrill, er zerriss die Luft und gellte über den ganzen Koog.

Das Echo kam sofort. Mit einem vereinten Kreischen stießen sich die Möwen von ihren Nestern ab und stachen in die Höhe. Ihr Gefieder war dicht angelegt, die grellgelben Schnäbel durchbohrten die Salzluft, ihre Flügel schlugen hektisch und unkontrolliert, die Krallen waren ausgefahren, die Federn weit gespreizt. Ich stand mitten in dem Geflatter, alles um mich herum zuckte und zappelte, ich starrte auf auf-wirbelnden Flaum und herumpeitschende Flügelspitzen, ich rührte mich nicht. »Los«, brüllte Hiller und da lief ich, ich rannte auf das erste Nest zu.

Zuerst konnte ich die Eier fast nicht erkennen. Sie waren groß, größer, als ich gedacht hatte. Aber die Färbung ihrer Schale verschmolz mit den Nestern. Sie verschwanden in den Verflechtungen aus Moos und getrocknetem Gras, sie füg-ten sich ein in die Farbschattierungen des Koogs. Sie waren braun gesprenkelt, mit hellbrauner oder grünlicher Grundie-rung, ich konnte es nicht genau sagen, ich musste mich ab-wärts beugen, um es genau sehen zu können. Meine Hände zitterten, über mir schrien die Vögel vor Angst und vor Wut. Sie kreisten tief über dem Koog, sie stürzten in immer dich-ter aufeinanderfolgenden Flugschleifen auf uns zu und ich zwang mich, nicht nach oben zu sehen, nicht zu prüfen, wie nah die Möwen mir waren. Ich lief gebückt, ich stemmte mich gegen den Wind und ich zählte. Zwei, drei Eier waren es pro Nest, ich hielt den Blick auf den Boden geheftet, ich lief und rechnete, zwanzig, dreiundzwanzig, ich suchte Eier zwischen Muschelsplittern und vertrockneten Halmen, ge-scheckte Eier auf geschecktem Grund, dreiundachtzig, fünf-undachtzig, meine Augen begannen zu brennen, mein Kopf dröhnte und ich kämpfte gegen den Drang, meine Arme hochzureißen, meine Hände an meine Ohren zu pressen, um die Schreie der Möwen nicht mehr hören zu müssen, ihren wilden, verzweifelten Zorn.

Ich war schon im letzten Drittel des Koogs, als ich es spürte. Irgendwann mussten Lotte und Melanie meinen

Weg gekreuzt haben, aber ich hatte sie nur am Rand meines Blickfelds wahrgenommen. Lottes gelbe Gummistiefel waren an mir vorübergestapft, ein vertrauter Zuruf war zwischen all dem Vogelgeschrei zu hören gewesen, aber ich hatte nicht aufgesehen und nicht geantwortet oder angehalten, ich wollte mich nicht verzählen, bei zweihundertzehn Eiern, zweihundertdreizehn.

Jetzt aber blieb ich stehen. Ich war nicht sicher, was es war, das mich anhalten ließ. Vielleicht spürte ich diese Gegenwart. Oder ich bemerkte unbewusst den dunklen Schatten des Greifs, der so hoch über mir in der Luft schwebte. Als ich mich aufrichtete, sah ich ihn sofort.

Er war riesig. Er schien mitten im weißen Himmel zu stehen, ganz ruhig. Der Aufruhr unter ihm interessierte ihn gar nicht, das hektische Flügelschlagen, das Auf- und Niederzucken der schreienden Möwen. Seine Schwingen waren weit aufgespannt, die helle Unterflügeldecke fügte sich in den Himmel ein. Den kräftigen Rumpf hielt er unbewegt, nur die flaumigen Federn an seinen dicken gelben Unterschenkeln zitterten leicht im Wind. Er hatte die Halswirbelsäule leicht verdreht und sein Blick schien auf mich gerichtet zu sein, nur auf mich.

Ich rührte mich nicht. Meine Nackenhaare hatten sich aufgestellt, ich spürte ein Prickeln, das sich bis in mein Rückenmark zog. Wie ein Beutetier kam ich mir auf einmal vor. Schon glaubte ich ihn im Steilstoß auf mich herunterstürzen zu sehen, aber das war Unfug, denn Falken jagten keine Menschen, und das musste er doch sein: ein Falke, ein Wanderfalke oder ein gewaltiger Turmfalke. Ich sah den spitzen Falkenzahn an seinem Oberschnabel aufblitzen, aber sicher war ich mir nicht, ich konnte von hier unten ja nicht einmal seine Kopffärbung erkennen, nicht die Bänderung auf seinem Rücken, nicht die Augen mit ihrer gelben oder dunklen Iris, nur die Kehle glaubte ich aufleuchten zu sehen, den weichen, hellen Fleck.

Es ergab keinen Sinn, dass er hier war. Das war es, was ich dachte: *Das hat doch gar keinen Sinn.* Und ich vergaß für einen ganz kurzen Moment, wo ich war, und richtete mich noch ein bisschen weiter auf, dem riesigen Vogel entgegen. Ich wollte ihn besser sehen können, ich wollte ihn identifizieren. Und er hielt auch ganz still, er stand hoch oben in der Luft und betrachtete mich ruhig. Als würde er auf mich warten, als gäbe es auf dem ganzen Koog nichts anderes: nur ihn und mich.

Unwillkürlich musste ich lächeln, ich wollte die Hand ausstrecken, sie ihm zum Landen anbieten, wie ich es in irgendeinem Winnetou-Film einmal gesehen hatte, aber plötzlich spürte ich den Schlag auf meinem Kopf. Etwas hatte sich zwischen mich und den Falken geworfen, ich spürte den Aufprall an meinem Hinterschädel, ich hörte ein Kreischen dicht an meinem Ohr.

Es waren mindestens drei Möwen, die mich angriffen. Ich konnte es nicht genau sehen, das Geflatter war zu wild, herumzuckende Flügel überall, sie stießen abwärts, wieder und wieder, ich sah ihre aufgerissenen Schnäbel, den roten Pickfleck an der scharfen Seitenkante, und ich riss die Arme in die Höhe, ich versuchte, meine Augen zu schützen, ich wollte mich auf den Boden werfen, zwischen zwei Nester, aber da hörte ich Hiller rufen: »Nicht wegducken«, brüllte er. »Sie müssen dem Angreifer in die Augen sehen!«

Zitternd versuchte ich aufrecht stehen zu bleiben, mich den Möwen entgegenzurecken, aber das nutzte nichts, sie waren so wütend. Sie kreischten und flatterten um mich herum, ich fühlte ihre Flügel an meiner Schulter, meiner Stirn und die Kralle einer Möwe verhedderte sich in den Maschen meines Pullovers. Mit einem lauten Ratschen riss das Wollgeflecht, die Möwe verfing sich in einem aufgedröselten Faden, sie zappelte und schrie, ihre Flügelspitzen trafen mein Gesicht, sie stachen mir in die Augenwinkel, ich spürte Krallen in meinem Haar und auch ich schrie jetzt und dann spürte ich, wie Hiller mich an der Schulter packte, ich sah das Aufblinken eines Messers, die blinkende Schneide, und ich schrie noch lauter, und bekam kaum noch mit, wie Hiller mit einem Hieb den Wollfaden meines Pullovers durchschnitt.

Sebald wartete auf der Terrasse auf uns. Er hatte die Hände in den Taschen seiner braunen Cordhose vergraben und wippte auf seinen grünen Gummistiefeln auf und ab. Er sah aus, als würde er schon länger dastehen.

Lotte rannte ihm durch den Garten entgegen. »Das war so abgefahren«, rief sie ihm zu. »Das war noch krasser als bei Hitchcock! Wie die Möwen ihre Angriffe geflogen haben ...« – »Scheinangriffe«, korrigierte Hiller sie und schloss das Gartentor hinter uns. »Nix Schein«, erklärte Lotte. »Ist der Pulli kaputt oder ist er kaputt?« Sie deutete auf mich. Ich hörte Sebald scharf einatmen.

Ich ging an ihm vorbei ins Haus. Im Ausstellungsraum zerrte ich den Pullover über meinen Kopf und hängte ihn über eine Stuhllehne. Vorsichtig setzte ich mich. Meine Hände zitterten noch immer. Ich strich über das ausgefranste Loch im Wollgewebe. Ein paar Maschen waren zerrissen und hatten sich auf dem Rückweg vom Koog immer weiter aufgedröselt. Der Faden, in den sich die Möwe verfangen hatte, hatte das komplette Gewebe verzogen. Auf einmal war mir ganz schlecht.

Draußen auf der Terrasse gab es ein kurzes Murmeln, dann hörte ich Schritte hinter mir und Sebald und Hiller traten an den Tisch. Sebald griff nach dem Pullover und zog ihn zu sich heran. Seine Stimme war viel zu laut, als er jetzt sagte: »Und das ist genau der Grund, wieso...« – »Erwin«, unterbrach Hiller ihn warnend. Ich sah erstaunt auf. Ich hatte Hiller Sebald noch nie so nennen hören. Ich war gar nicht darauf gekommen, dass Sebald ein Spitzname sein könnte. Oder ein Nachname. Auch konnte ich nicht verstehen, warum Hiller ihn so warnend ansah. Sebald hob einen Zeigefinger und stach ihn in Hillers Richtung. »Du weißt genau, was ich davon halte«, sagte er. Er sah jetzt richtig wütend aus.

Es war das erste Mal, dass ich eine Uneinigkeit zwischen den beiden mitbekam. Ich wollte daran nicht schuld sein. »Ist ja nichts Schlimmes passiert«, sagte ich und lächelte Sebald zu. »Ich bin nur ein bisschen erschrocken.« Sebald schüttelte den Kopf. »Das ist es nicht«, sagte er. »Aber diese lächerliche...« Er sah zum Flur und brach ab.

Fräulein Schmidt und der Professor betraten das Zimmer.

Das Fräulein sah ein bisschen müde aus, aber sie wirkte ganz fröhlich. Sie hatte ein Klemmbrett dabei, in das sie einen Bogen Papier gespannt hatte. Den Stift hatte sie sich hinter das rechte Ohr geklemmt. »Und?«, sagte der Professor. »Zweihundertneunundachtzig«, rief Melanie von der Terrasse. Der Professor nickte. Ich konnte nicht ablesen, ob das eine hohe oder niedrige Zahl für ihn war. Ob er mehr oder weniger Möweneier auf dem Koog erwartet hatte. Eigentlich wirkte er fast gleichgültig. Selbst Fräulein Schmidt, die sich mit großer Geste den Stift vom Ohr pflückte und schwungvoll die Zahl auf ihrer Kladde notierte, sah interessierter aus als der Professor. Und auf einmal war ich selbst mir nicht mehr sicher, was diese Zahl überhaupt bringen sollte.

Der Professor winkte Lotte von der Terrasse herein. »Ich habe etwas für Sie beide«, sagte er. »Als kleinen Willkommensgruß.« Er legte zwei Tafeln Luftschokolade auf den Tisch, eine braune und eine weiße. Ich liebte Luftschokolade. Ich ließ sie immer in meinem Mund schmelzen, Stück für Stück. Ich mochte es, wie die erstarrten Luftblasen auf der Zunge knisterten. Trotzdem fühlte es sich falsch an, diese Tafel vom Professor geschenkt zu bekommen. Irgendetwas daran stimmte nicht. Ich sah Lotte an, aber sie trat vor und schüttelte dem Professor ganz begeistert die Hand. »Danke«, murmelte ich.

»Jetzt wird aber erst mal gefrühstückt«, rief Fräulein Schmidt »Ihr müsst doch völlig ausgehungert sein!« Dann bemerkte sie meinen Pulli in Sebalds Hand. »Was ist denn hier passiert?«, fragte sie. »Nichts«, sagte ich hastig, bevor einer der anderen antworten konnte. Schnell stand ich auf und nahm den Pullover wieder an mich. Ich wollte nicht, dass der Professor mich für unfähig hielt. »Kollateralschaden«, brummte Hiller. Fräulein Schmidt nickte mir zu: »Irgendwo hängen geblieben, ja? Kann man nähen.«

»Wenigstens wissen wir, wie wichtig das alles ist«, sagte Lotte und legte den Arm um mich. »Und dass man dem Angreifer ins Auge sehen muss!« Sie klang so stolz, dass ich gar nicht wusste, wo ich hinsehen sollte. Ich war kein bisschen stolz. Mir taten die Möwen leid. Ich konnte verstehen, dass sie mich angegriffen hatten. Sie hatten so furchtbare Angst gehabt. Und ich ja auch. Am liebsten wäre ich zurückgegangen und hätte mich entschuldigt. Überhaupt hätte ich mich gern einfach in unserem Zimmer verkrochen und mir die Decke über den Kopf gezogen. Ich hatte die Schreie noch immer im Ohr. Ich drehte mich ein wenig seitwärts, weg von Lotte. Und da sah ich es.

Sebald hatte die Arme verschränkt. Er starrte den Professor an. Sein Blick war voller Verachtung.

Ein Garten aus Luft

Die Muschel war zart und rosafarben. Gegen die warme Nachmittagssonne gehalten wirkte sie fast durchsichtig. Ich saß am Strand, die Docs im Sand vergraben, und hielt die kleine Muschel gegen das Licht. Lotte lag neben mir und las mir vor. Von Fuchshöhlen las sie, davon, dass die Füchse eine Beißsperre gegen die in ihrem Bau brütenden Brandgänse hatten. Eine Art Burgfrieden war das: Sie griffen die Küken nicht an, solange sie bei ihnen in der Höhle waren. Ich drehte die Muschel zwischen meinen Fingern. Der Rand war leicht gezackt und überraschend scharfkantig. Ich hörte nicht zu.

Vielleicht hätte ich selbst etwas lesen sollen, das hätte mich abgelenkt. Seit wir hier waren, hatte ich außer Vogelbestimmungsbüchern kein Buch in die Hand genommen. Keine Romane, keine Kurzgeschichten. Das kannte ich von mir nicht. Ich brauchte Buchstaben um mich herum. Auf dem Klo las ich manchmal, wenn nichts anderes da war, die Gebrauchsanweisungen auf den Shampooflaschen oder die Inhaltsstoffe der Zahnpastatuben. Nicht einmal Tagebuch hatte ich in den letzten Tagen geschrieben. Aber das war es nicht, was mich unruhig machte. »Das Nachzählen«, unterbrach ich Lotte, »was soll das?« Lotte sah verwirrt auf: »Was meinst du?«

Ich wusste es selbst nicht genau. Irgendetwas hatte mich an den Zahlen zu stören begonnen. An dem ganzen Vorgang. »Was bringt es, dass wir wissen, wie viele Vögel wo sind? Oder dass da zweihundertneunundachtzig Eier auf dem Koog herumliegen?«, fragte ich. Lotte runzelte die Stirn und schwieg. Ich ließ ein paar Sandkörner in die winzige Muschelschale rieseln. »Wenn jetzt«, versuchte ich zu erklären, »wenn jetzt Diebe kommen und die Eier wegstehlen, dann haben wir das durch das Zählen auch nicht verhindert. Das Zählen kann nichts, es bestätigt nur.«

Lotte klappte das Buch zu. Sie sah unsicher aus. »Vielleicht ist es wie bei der Raumfahrt«, sagte sie. »Und man muss Dinge erst mal aufzeichnen, bis man merkt, wozu man sie braucht.« Ich schnaubte. »Ja, und dann fliegt alles in die Luft«, sagte ich. Seit dem Absturz der Challenger war ich gegen Raumforschung. Das Bild der Explosion konnte ich noch immer nicht vergessen: diese plötzliche, grausame Faust aus weißem Rauch, die sich mit gekrümmtem Zeigefinger in den Orbit bohrte und dann verglühte. Immer wieder hatten sie das gezeigt, die katastrophale dreiundsiebzigste Sekunde nach dem Start. Und ich hatte mich ganz dicht vor den Fernseher gesetzt, obwohl meine Mutter mir sagte, dass ich drei Meter Abstand vom Bildschirm halten müsste. Als sie den Fernseher schließlich entnervt abgeschaltet hatte, konnte ich das berstende Spaceshuttle trotzdem noch sehen. Ich träumte sogar von Cape Canaveral. Manchmal stand ich im Traum auf der Raketenabschussrampe und sie zündeten mich an. Manchmal versuchte ich die Besatzung zu warnen, aber sie hörten mich nie. Auch Wochen später hatte ich noch glauben wollen, dass die Astronauten mit Fallschirmen abgesprungen waren und überlebt hatten, wenigstens einer von ihnen, am besten die blondgelockte Lehrerin, die davon ge-

träumt hatte, als erste Frau vom Weltraum aus zu unterrich-
ten.

»Wir könnten den Professor fragen«, schlug Lotte vor. »Er
muss das ja wissen. Der schickt doch die Daten irgendwo-
hin.« Ich nickte. »Nach England«, sagte ich. Irgendwie klang
das auf einmal merkwürdig. Genauso gut hätte der Professor die Daten nach Russland schicken können. Oder nach
Rungholt. Lotte sprang auf und klopfte sich die Sandkörner
von Julians Jeans. »Komm«, sagte sie, »vielleicht erwischen
wir ihn. Dann kann ich ihn gleich fragen, ob die Lachmöwe
wegen der Wasserlache so heißt oder weil sie immer so laut
lacht. Da hab ich mit Julian gewettet.« Ich warf die Muschel
in den Sand und stand auf. »Worum denn?«, fragte ich Lotte.
Sie strahlte: »Um einen Kuss!« Ich ahmte ein Kotzgeräusch
nach und sie wirbelte herum und rannte über den Strand
davon.

Er war nicht da. Melanie sagte uns das. Aber wo er war,
wusste sie auch nicht. Wir fanden sie im Badezimmer vor
dem Spiegel. Sie schmierte sich gerade eine Pampe aus Quark
und Honig ins Gesicht. »Ist gut für die Haut«, erklärte sie
und hielt uns den Suppenteller unter die Nase, in der sie die
Mischung angerührt hatte: »Riech mal.« Wir schnupperten
und murmelten Bestätigung. Mein Magen knurrte, ich hatte
am Morgen nicht richtig gefrühstückt.

Lotte stellte sich neben Melanie. Sie strich sich die
Locken zurück und hielt ihr Gesicht dicht an den Spiegel.
Mit den Fingerspitzen fuhr sie die Linie ihrer Brauen nach
und schielte dann zu Melanie hinüber. »Wie machst du das

eigentlich mit den Augen?«, fragte sie. »Mit dem dunklen Rand da?« »Sie meint den Kohlestift«, erklärte ich fachmännisch und schwang mich auf die Waschmaschine. Melanie stutzte. »Du weißt nicht, wie du dich schminken kannst?« Lotte schüttelte den Kopf.

Wenig später saß Lotte auf dem zugeklappten Klodeckel und Melanie beugte sich über sie. Ich verkreuzte auf der Waschmaschine meine Beine zum Schneidersitz und betrachtete die beiden. Mir gefiel die Verwandlung nicht. Lotte sah auf einmal so künstlich aus. Ihre Lippen waren zu rot, die Wimpern schwer von der ganzen schwarzen Tusche. Ihre Sommersprossen waren unter dem Make-up fast völlig verschwunden. Gerade pinselte Melanie Lottes Augenbrauen nach. Der Quark hatte begonnen, auf Melanies Gesicht zu trocknen, die rissige Fläche ließ sie aussehen wie einen abblätternden Clown. »Achja«, murmelte sie und strichelte an den feinen Außenhärchen von Lottes Brauen herum: »Schöne Grüße von Julian.« Ich sah, wie Lotte sich versteifte. »Wann hast du denn mit ihm gesprochen?«, fragte sie. Melanie rief: »Nicht bewegen!« Dann zuckte sie mit den Schultern: »Hat mich gestern angerufen«, sagte sie und griff sich den Kohlestift. »Guck mal nach oben«, befahl sie und zielte mit der Spitze auf Lottes unteren Wimpernkranz. Lotte richtete stumm ihren Blick zur Badezimmerdecke, aber ich sah, wie sie ihre Hände so fest in den Klodeckel verklammerte, dass die Knöchel weiß hervortraten.

Ich rutschte auf der Waschmaschine herum. »Wie geht's Julian denn so?«, fragte ich. Melanie lachte. Ihre Haut schien unter der Quarkmaske zu spannen, sie bekam beim Lachen den Mund gar nicht richtig auf. »Der ist heilfroh, dass er weg ist«, nuschelte sie und zog eine schwungvolle Linie unter Lottes linkes Auge. »Auch wenn er jetzt erst mal wieder bei seinen Eltern pennen muss.« Ich griff mir einen Lippenstift von der Waschbecken-Ablage und drehte ihn auf. Er war blutrot. »Siehst du ihn denn wieder?«, setzte ich nach. »Sicher«, sagte Melanie. Und zu Lotte: »Mach mal die Augen zu.« Sie fingerte einen dünnen Schwamm aus ihrem Schminkmäppchen und verwischte damit konzentriert eine Linie aus Kajal auf Lottes Lidern. Es sah fast so aus, als würde sie ihn wegradieren. »Julian will ja in den Regenwald«, sagte sie, »da gibt's so eine Aufforstungsstation in Uganda. Vielleicht machen wir das zusammen.« Ich runzelte die Stirn. »Und dein Studium?«, fragte ich. »Abgebrochen«, sagte sie, »längstens. Was meinst du, warum ich hier bin.« Sie trat einen Schritt zurück und betrachtete zufrieden Lottes Gesicht. »Augen auf!«

Lotte öffnete die Augen und starrte sie an. »Uganda?«, wiederholte sie fragend. Ihr Blick war glasig. Ihr Gesicht wirkte puppig und weich, die rot geschminkte Unterlippe zitterte leicht. Sie sah so hilflos aus.

Ich warf den Lippenstift zurück in Melanies Schminktasche. »Aber ihr habt nicht«, sagte ich, »also, du und Julian, ihr geht doch nicht miteinander oder so was?« Melanie trat an das Waschbecken heran und drehte den Hahn auf. Mit dem Handgelenk prüfte sie die Temperatur. »Naja, der ist jetzt nicht mein Freund. Aber klar hatte ich was mit dem«, sagte sie und schöpfte sich einen Schwall Wasser ins Gesicht. Der Quark verflüssigte sich und rann ihr in weißen Schlieren über die Haut. Sie kniff die Augen zusammen, tauchte ihren ganzen Kopf unter den Wasserstrahl und fügte prustend hinzu: »Ist doch nur Sex.«

Ich suchte Lotte überall. Sie war so schnell aufgesprungen und aus dem Badezimmer gerannt, dass ich gar nicht rasch genug hinterherkam. Ich dachte, ich hätte sie die Treppe in den Keller hinunterpoltern hören, aber als ich in unserem halbdunklen Zimmer nachsah, war da niemand. Nur auf Lottes Liege lag neben der Tafel Luftschokolade die unfertige Zeichnung eines herumstaksenden Säbelschnäblers, der mich aus schwarzen Kugelaugen ansah.

Im Ausstellungsraum und in der Auffangstation konnte ich Lotte auch nicht finden. Ich wusste, dass die alte Voliere sie faszinierte, sie hatte sich schon öfter mit ihrem Zeichenblock dorthin zurückgezogen und die unterschiedlichen Muster der Maschenverdrahtung abgemalt. Ich riss die Tür zu dem Anbau auf, ich war fast sicher, dass ich sie dort finden würde, inmitten der Weidenkörbe und Wassertröge auf der Arbeitsplatte sitzend, aber der Raum war leer. Staubflusen tänzelten durch die Sonnenstrahlen, die gebündelt durch die stumpfen Fensterscheiben fielen. Am Boden wehten ein paar tote Insekten zur Seite und ein Falter taumelte erschöpft an mir vorbei, hinaus in den hell beschienenen Garten.

»Kann ich Ihnen helfen?«, hörte ich eine Stimme hinter mir. Ich drehte mich um und zuckte zurück, so nah stand der Professor. Er sah misstrauisch aus, als hätte ich hier nichts verloren. Wir traten beide zurück auf den Rasen. »Ich suche Lotte«, sagte ich. Der Professor sagte nichts, er schien auf eine weitere Erklärung zu warten. Er trug ein rosafarbenes Hemd, das fast die gleiche Farbe hatte wie die Heckenrosen hinter ihm. Auf seiner Schulter hatte sich eine kleine grüne Klette verfangen. Die schmalen Stacheln saßen eine Handbreit vom Kragen entfernt, knapp hinter dem Mittelsaum. Sie mussten sich durch den Stoff hindurchgebohrt haben, aber er schien sie nicht zu bemerken.

Ich richtete mich auf, so hoch wie ich nur konnte. Ich holte Luft. »Hören Sie«, sagte ich und sah ihm von oben herab direkt in die Augen, »ich will die Auswertungen angucken.« Der Professor rührte sich nicht, aber etwas veränderte sich in seinem Blick. »Auswertungen?«, fragte er. Seine Stimme war laut, obwohl er undeutlich betonte, als wäre das Wort ihm unangenehm. »England«, sagte ich. Und auch ich redete merkwürdig, ich sprach das d wie ein hartes t aus, das passierte mir manchmal, wenn ich unbedingt hochdeutsch sprechen wollte. Wir standen noch immer sehr nah beieinander, wir starrten uns an, und jetzt schob ich mich unmerklich noch höher, ich verlagerte mein Gewicht auf die Fußballen, bis ich fast auf den Zehenspitzen stand. Er wandte den Blick ab, er sah an mir vorbei, und ich hätte schwören können, dass er auch ein bisschen zurückwich. »Das wird nicht möglich sein«, sagte er und betrachtete plötzlich interessiert die verholzte Kletterpflanze, die sich an der Außenmauer der Auffangstation emporrankte: »Die Ergebnisse liegen mir nicht vor.«

Irgendwo keckerte eine Lachmöwe und ich atmete scharf ein. Ich war so verblüfft, dass ich fast das Gleichgewicht verloren hätte. »Sie schicken die Daten nach England und wissen nicht mal, ob die ausgewertet werden?«, rief ich. Meine Stimme war schrill, *Tussigekreische* nannte mein Bruder das, aber das war mir egal. Er kniff seine Lippen zusammen und begann schweigend an den Trieben der Kletterpflanze herumzuzupfen.

»Wer ist denn da Ihr Ansprechpartner? Wohin schicken Sie die genau?«, fragte ich nach. Jetzt fingerte er nach einem angegilbten Pflanzenstrang, er rüttelte daran, er zog und zerrte, bis das ganze Spalier wackelte und er die Schlinge komplett herausgefädelt hatte. »Das geht Sie nichts an«, sagte er. Er wickelte den Strang zusammen und warf ihn hinter die Hecke. Und sagte es noch einmal, schärfer diesmal: »Das geht Sie überhaupt nichts an. Sie haben keine Ahnung von diesen Dingen.«

»Aber ...«, begann ich. Dann stockte ich. Ich wusste nicht, wie ich den Satz weiterführen sollte. Also setzte ich noch einmal an. »Aber Sie machen das doch seit Jahren, da muss doch längst ...« »Ich erwarte von Ihnen mehr Kooperation«, unterbrach er mich, »Ihre Leistung hier lässt wirklich zu wünschen übrig.« Er rieb seine Handflächen aneinander, als würde er sie in der Luft waschen wollen.

»Weil ich für Sie Daten sammle, die Sie gar nicht auswerten?«, rief ich. Mein Puls begann, an meinem Handgelenk zu klopfen, und ich hatte plötzlich ein hohes Fiepgeräusch in meinem linken Ohr. »Ich hätte Sie und Ihre kleine Freundin niemals hierherkommen lassen dürfen«, sagte der Professor und schüttelte dabei tadelnd seinen Kopf. »Ich hätte mich an meine eigenen Regeln halten sollen. Sie beide sind einfach ...«, er suchte das Wort, »Sie sind einfach zu jung.«

»Das ist doch Blödsinn«, rief ich, »Sie wollen nur ablenken!« Ich war so wütend, ich hätte gern etwas zerschmettert, ein Glas, eine Vase, das Gehäuse der Armbanduhr, die der Professor trug, aber ich hatte nichts in der Hand, ich hatte nur Worte: »Wahrscheinlich«, rief ich, »wahrscheinlich sind Sie nicht mal ein echter Professor!«

Er musterte mich. Sein Blick glitt über meinen ganzen Körper und plötzlich war ich mir bewusst, was er da sah. Meine hennaroten Haare, die ein bisschen fettig waren und bei denen man am Ansatz das langweilige Braun nachwachsen sehen konnte. Meine Pickel. Meine Hüften, die ich neuerdings viel zu breit fand. Die komischen, fast bläulichen Augenringe, die ich irgendwie immer zu haben schien, egal, wie viel ich schlief. »Zu jung«, wiederholte er wie zu sich selbst. »Viel zu jung.« Und dann, laut und bestimmt: »Ich brauche hier keine Nestflüchter.«

Ich spürte, wie mir die Tränen in die Augen schossen. Ich senkte den Kopf, ich wollte nicht, dass er mich weinen sah. Die Grashalme am Boden wirkten ganz verschwommen, die Gänseblümchen waren weiße verwaschene Flecken. »Als ob Nestflüchter ausgerechnet zu Ihnen kommen würden«, murmelte ich. Eine Träne tropfte auf den Schaft meiner Docs und rann an dem obersten der acht Löcher vorbei. Hinter dem Deich war auf einmal das Meer viel zu laut.

»Ich erwarte von Ihnen, dass Sie sich zusammenreißen«, sagte der Professor in das Wellenrauschen hinein. »Morgen früh gehen Sie zum Koog und bestätigen mir die Anzahl der Eier dort.« Ich sah auf meine Schuhspitze, auf die Träne, die auf dem verschmutzten Leder eine nasse Schliere hinterlassen hatte, und schüttelte den Kopf. »Wir waren doch gerade erst da«, schniefte ich. »Und die Möwen haben Angst.« »Wir müssen wissen, ob Eier gestohlen werden, ob es Nachgelege gibt«, beharrte der Professor. »Und dann?«, sagte ich. Ich versuchte, mir unauffällig mit dem Handrücken mein Gesicht trocken zu wischen, und zwang mich, ihm wieder in die Augen zu blicken. »Dann haben wir wieder so eine Zahl, die niemandem was bringt?«

Der Professor seufzte und strich sich durch seine weißblonden Haare. »Wir haben Wissen«, sagte er. Er sprach jetzt langsam, er betonte jedes einzelne Wort, als hätte er es mit jemandem zu tun, der wirklich, wirklich dumm war. Und vielleicht war ich das ja auch.

»Aber wenn wir doch mit dem Wissen gar nichts machen!«, brüllte ich und erschrak sofort über meine eigene Heftigkeit. »Ich meine«, sagte ich schnell. »Ich meine: ist das wirklich nötig? Was, wenn schon Junge geschlüpft sind und die da herumspazieren und wir versehentlich drauftreten?« Er schnaufte ungeduldig. »Möwen sind Platzhocker, keine Nestflüchter«, sagte er, »das sollten Sie längst wissen.« Mit einer scharfen Bewegung wandte er sich ab und verschwand zurück in die Auffangstation.

Ich rubbelte mit meinem Ärmel unter der Nase herum. Ich hätte ein Taschentuch gebraucht, aber in meinen Hosentaschen ertastete ich nur Bonbonpapier. Gerade wollte ich schon gehen, aufgeben, nichts mehr sagen. Aber dann sah ich die Möwe. Sie glitt tief über den Garten hinweg, dem Meer entgegen. Ihr Deckgefieder war dunkel, fast kohlrabenschwarz. Sie wirkte riesig, ihre Flügelspanne war unfassbar weit. Es war die erste Mantelmöwe, die ich sah. Ich erkannte sie sofort, obwohl gar keine Heringsmöwe in der Nähe war. Diese Möwe musste man nicht ins Verhältnis setzen, sie stand für sich selbst. Ich stellte mir das bei Bernsteinen so vor: Man wusste einfach, wenn man sie fand. Und da kam mir eine Idee.

»Herr Professor?«, rief ich und beugte mich in den Raum hinein. »Warten Sie. Wie verhält sich das denn mit dem Plobbomon? Ist der auch ein Platzhocker?« Der Professor stand an einer der Arbeitsplatten, mit dem Rücken zu mir. Er stutzte kurz, ich konnte es fast greifen, dieses Stutzen, obwohl ich sein Gesicht nicht sehen konnte.

Ruckartig drehte er sich zurück zu mir. Auf seiner Schulter wippte die kleine Klette nach. »Selbstverständlich nicht«, sagte er verächtlich. Er reckte sein Kinn in die Höhe, ganz steil. Vielleicht glaubte er, dadurch auf mich herabsehen zu können. »Der Plobbomon ist ein typischer Nestflüchter, einer der bekanntesten seiner Art. Wann lernen Sie das endlich.«

Ich nickte langsam. Dann drehte ich mich um und ging.

Hiller und Sebald saßen auf der Terrasse. Sie konnten noch nicht lange hier sein. Ich war mir nicht sicher, ob sie den Professor und mich von hier aus hatten hören können, aber Sebald sah unbehaglich aus, er saß ganz steif auf dem Stuhl. Sein Rücken berührte nicht die Lehne, die Ellenbogen hatte er auf dem Plastiktisch abgestützt und den Saum seiner Strickjackenärmel bis über die Handballen gezogen. Hiller wirkte entspannter, er hatte die langen Beine ausge-

streckt und an den Knöcheln übereinandergelegt. Sein Fernglas stand auf dem Tisch, er rauchte Pfeife und lächelte mir
entgegen. Ich baute mich vor den beiden auf. »Wussten Sie
das?«, fragte ich und es war mir egal, wie vorwurfsvoll ich
klang, »dass die Daten gar nicht ausgewertet werden?«

Sie wirkten nicht überrascht, keiner von beiden. Sebald
brummte etwas und starrte auf die Tischplatte. Ein Muster
aus Blätterschatten zog sich dort über die weiße Plastikfläche
und über die Ummantelung des Fernglases. »Setzen Sie sich
doch«, sagte Hiller und deutete auf den Stuhl neben sich. Ich
schüttelte den Kopf und verschränkte die Arme. »Wussten
Sie das?«, fragte ich etwas lauter.

Hiller zog an seiner Pfeife. Er hielt den Rauch lange in seiner Kehle, er schien zu überlegen. Ein Windstoß fuhr durch
den Garten und brachte die Schatten der Blätter zum Tanzen. Hiller atmete langsam aus und sah mich an. Der Rauch
ließ sein Gesicht ein wenig fahl erscheinen, das Grau in seinem Vollbart wirkte stumpf. Er sagte noch immer nichts.
Aber er nickte. Es war ein merkwürdiges Nicken. Eigentlich
war es eher ein schweres Kopfsenken und Wiederanheben,
bei dem er die Augen kurz schloss.

Ich konnte es nicht glauben. Ich sah Sebald an, ich wollte
seine Bestätigung, aber der stierte noch immer auf die Tischplatte. Oben im ersten Stock der Station schlug ein Fenster zu. Auf der Straße vor dem Haus hupte ein Auto. »Ist
er wenigstens wirklich ein Professor?«, fragte ich schließlich.

Hiller strich sich mit der freien Hand durch seinen Bart.
»Er hatte es nicht einfach auf seinem Gebiet«, sagte er. »Flug-

schlaf kann man nicht beweisen. All diese Elektroden für die Messungen – wie wollen Sie die denn an so kleinen Tieren anbringen und sie dann noch fliegen lassen, an Kabeln, das geht doch gar nicht.« Er überlegte. »Vielleicht«, fügte er dann hinzu, »vielleicht ist er seiner Zeit einfach nur weit voraus.« »Nun hör aber auf«, sagte Sebald. Er stand so abrupt auf, dass die Beine seines Stuhls mit einem Quietschen über den Terrassenboden schrammten. »Entschuldigen Sie uns«, sagte er. »Wir müssen los.«

Hiller griff nach seinem Fernglas und erhob sich langsam. In seinem Blick lag etwas, das ich nicht deuten konnte. Zum ersten Mal fragte ich mich, wie alt er wohl war. Er legte mir eine Hand auf die Schulter und beugte sich zu mir herunter. »Manchmal bauen Menschen sich Luftschlösser«, sagte er leise. »Aber das heißt nicht, dass in den Schlossgärten nicht ein paar Blumen wachsen können.«

Ich riss mich einfach los und lief weg. Durch den Garten, der so überhaupt nichts Luftiges an sich hatte, am Birnbaum, dem Inselmodell, den Heckenrosen vorbei, durch das Tor hinaus. Aus der Ferne glaubte ich, Melanie meinen Namen rufen zu hören, aber ich lief weiter, hinauf auf den Deich, hinunter an den Strand. Der Sandstreifen war schmal, das Meer rollte heran und leckte an meinen Schuhsohlen. »Lotte!«, brüllte ich gegen den Wind, »Lotte!«

Sie war nirgends. Als ich später zurück auf den Parkplatz kam, war ich völlig erschöpft. Mein T-Shirt war schweißgetränkt, ich hatte Seitenstechen und mein Hals kratzte vom viele Rufen. Ich hatte alles abgesucht: den Strand, die Aussichtsplattform, die Dünenwege. Ich war fast bis zum Koog gerannt und hatte den Wiesenpfad zurück genommen, bis ich bei der Hafenstrasse herausgekommen war.

Die Sonne würde bald untergehen. Der Himmel war schon mit Flocken von orangefarbenen Wolken überzogen. Am Bungeekran senkten sie gerade die leere Plattform ab und verstauten die Seile und Gurte in einem Container. Ein paar Spaziergänger schlenderten mit ihren Hunden in Richtung Hafen, das sonnenblumengelbe Gehäuse der Telefonzelle leuchtete im warmen Abendlicht und warf zwischen ihre wandelnden Schatten ein lang gestrecktes Parallelogramm auf den Asphalt.

So schnell ich konnte lief ich auf die Zelle zu. Ein älterer Herr war gerade fertig mit seinem Telefonat, aber eine Familie mit Kleinkind wartete schon mit gezückten Münzen. Sie trugen alle blau-weiß gestreifte T-Shirts, die Mutter schunkelte das Kind auf ihren dünnen Armen und der Vater langte gerade nach dem Türgriff. »Bitte«, keuchte ich und stemmte mir meine Faust in die schmerzende Seite, »bitte, ich muss wirklich dringend telefonieren.« Die Mutter betrachtete mich prüfend, dann setzte sie das Kind auf dem Boden ab und nickte.

Mein Bruder nahm ab. »Hey, Fettsack«, sagte er. »Ich bin nicht fett«, sagte ich automatisch. Er kaute Kaugummi mit offenem Mund. Wahrscheinlich hatte er wieder mindestens drei Streifen zu einem Batzen zusammengeklebt, das Schmatzen klang ziemlich laut. »Hör mal«, sagte er, »ist nicht cool, dass du weg bist.« Ich legte meine Stirn auf dem Fernsprecher ab und atmete tief ein. In meinem Rachen war der Geschmack von Blut, das bekam ich manchmal, wenn ich zu schnell lief. »Ich muss Mama sprechen«, sagte ich.

Ihre Stimme klang müde, noch müder als sonst. »Panda?«, sagte sie. Ich wollte sie fragen, was ich denn tun sollte. Ich wollte ihr alles erzählen: vom Professor, von den Daten, die er vielleicht überhaupt nicht nach England schickte, von Melanie und Julian und Lotte, von den schlafenden Vögeln, und vor allem, dass ich Lotte nicht finden konnte und dass ich nicht mehr weiterwusste, in gar nichts. Aber plötzlich stellte ich mir vor, wie sie da stand. Wie sie an unserem Klavier lehnte, auf dem wir das Telefon mit der zu kurzen Schnur stehen hatten. Ich sah die Erschöpfung in ihrem Blick, dachte an ihre Schultern, die in den letzten Monaten immer schmaler und schmaler geworden waren. Und ich konnte es nicht. »Wie…«, begann ich stattdessen und musste Anlauf nehmen, um diese eine Frage endlich zu stellen. »Wie geht es Papa?«

Sie schwieg einen Augenblick. »Die letzte Chemo hat er ganz gut vertragen«, sagte sie dann. Ich nickte stumm. Ich suchte die Worte, wieder einmal, aber ich fand sie einfach nicht. Draußen klatschte das Kleinkind mit seiner Handfläche gegen die Scheibe, es stand schwankend auf seinen kurzen Beinen und hinterließ fettige, runde Abdrücke auf dem Glas. »Gut«, sagte ich. Es klang hohl.

»Panda«, sagte meine Mutter. »Panda, Liebes. Ich muss dir etwas sagen.« Ich krallte meine freie Hand in meinen Oberschenkel, so fest, dass ich den Schmerz fast nicht aushielt. Morgen würde ich fünf kleine blaue Flecken haben, das kannte ich inzwischen schon. »Ja?«, fragte ich. Sie zögerte kurz. »Der Vater von Annkathrin ist gestern gestorben«, sagte sie. Mein Griff wurde schlaff. Auf einmal war mir ganz schwindelig. Ich kannte Annkathrin seit dem Kindergarten. Ihr Vater war vor eineinhalb Jahren diagnostiziert worden. Genau ein halbes Jahr vor meinem eigenen Vater.

»Muss ich zur Beerdigung?«, fragte ich. Meine Stimme hörte sich fremd an. »Ich meine«, sagte ich, »ich meine, was ... was kann ich ... machen?«

Einen Moment lang blieb es still. »Ich weiß es nicht«, sagte meine Mutter dann. »Frag Annkathrin, was für sie am besten ist. Aber gib der Familie etwas Zeit.« Wir schwiegen beide. Draußen sah ich den dicklichen Vater ungeduldig auf das Zifferblatt seiner Uhr klopfen. Er hatte Sonnenbrand an seinen Armen, die Uhr war verrutscht und man sah ihren weißen Abdruck in der rot verbrannten Haut. Das Kleinkind lachte mich von unten an. Es hatte erst drei Zähne. »Wie geht es dir denn da, Panda? Ist auf der Insel alles in Ordnung?«, hörte ich meine Mutter fragen.

Ich überlegte einen Moment. Dann entschied ich mich. Ich versuchte zu lächeln, obwohl sie mich doch gar nicht sehen konnte. »Ja«, versicherte ich so ruhig wie ich nur konnte. »Mach dir um mich keine Sorgen. Hier ist alles gut.«

Die Wolken über dem Parkplatz waren fast lila, als ich aus der Telefonzelle trat. Ich nickte der Familie zu und lief in Richtung der Vogelstation. Ich ging ganz langsam, als wäre die Asphaltdecke hauchdünn und könnte unter meinem Körper jederzeit einbrechen.

Nach ein paar Schritten blieb ich stehen, mitten auf dem Platz. Der Wind strich über meine baren Arme. In meinem

T-Shirtstoff war der Schweiß ausgekühlt, aber mir war nicht deswegen kalt. Ein halbes Jahr, dachte ich. Vielleicht haben wir nur noch ein halbes Jahr.

Lotte kauerte auf der Rückseite des Deichs, ein paar Meter von der Station entfernt. Sie hockte weit unten am Abhang, dort, wo die Deichwelle sich in der schmalen Salzwiese verlief. Ich musste vorhin direkt an ihr vorübergerannt sein, meinen Blick in die Ferne geheftet, auf den Strand, ohne sie zu sehen.

Ihre nackten Beine bemerkte ich erst, als ich fast vor ihr stand. Sie hatte ihren Pulli tiefer gezerrt, aber er war ziemlich kurz und reichte kaum über das geblümte Höschen, das sie trug. Die Arme hielt sie um die Knie geschlungen, sie fror. Die Wimperntusche in ihrem Gesicht war zerlaufen. Schwarze Tuschestriemen maserten ihre Wangen und auch das Rot von ihren Lippen war verschmiert. Sie wirkte wie ein zerflossenes Aquarell.

Ich zeigte auf ihre Beine. »Neuer Trend?«, fragte ich und setzte mich neben sie. Sie zog die Nase hoch. »Hab die blöde Jeans weggeschmissen«, sagte sie. Ich musste grinsen. »Verbrennen wär auch okay gewesen«, sagte ich. »Und die Asche nach Uganda schicken«, fügte sie hinzu. Wir sahen beide hinaus auf die halb ertrunkene Wiese.

»Was lief denn da zwischen euch?«, fragte ich. Lotte schien sich noch tiefer in ihrem Pullover zu verkriechen. Sie schwieg lange. »Zu viel«, sagte sie dann. Ein paar Säbelschnäbler dümpelten vor uns in den Prielen herum. Im Vorübertreiben reckten sie ihre gebogenen Schnäbel in das Schlickgras hinein, das durch die Wasserfläche stach. Sie sahen sehr zufrieden aus.

»Komischer Tag«, sagte ich schließlich. Lotte nickte: »Scheißtag«, sagte sie. Ich sah überrascht zu ihr hinüber. Es war das erste Mal, dass ich Lotte fluchen hörte. Ich hatte gar nicht gewusst, dass sie das konnte. Vorsichtig stupste ich sie an und sagte: »Nicht so zahm!« »Drecksscheißtag«, murmelte sie. »Da geht noch was«, rief ich. Lotte streckte ihre Beine aus und drückte ihre Handflächen in den Boden. Sie holte Luft und legte den Kopf in den Nacken. »Drecksscheißkacktag!«, brüllte sie. Und ich schrie: »Verfickt noch mal!«

Schnaufend sahen wir uns an. Lotte lachte und schluchzte und deutete auf ihre nackten Beine: »Ich kann doch so nicht in die Station zurück.« »Kannst meine Hose haben«, sagte ich. Sie lächelte ein wenig schief: »Aber wenn der Professor dich dann sieht?«

Ich zuckte mit den Schultern. »Meine Damen und Herren, liebe Kurgäste: Zu Ihrer Rechten sehen Sie ein Lügengebäude«, sagte ich und deutete zu der Dachspitze, die schräg hinter uns über den Dünenkamm lugte. »Beachten Sie den Giebelschwung. Hier sammeln wir Daten, die wir nicht auswerten. Und mittendrin verstecken wir unsere Geliebte vor unserer Frau.«

Lotte blinzelte. »Echt jetzt?«, fragte sie. »Echt«, bestätigte ich. Lotte rieb sich ihre Nasenspitze. »Wusstest du, dass sie ihm den Zivi aberkannt haben?«, sagte sie. »Julian hat erzählt, sie haben den weggeholt, weil er ihn ständig Bauarbeiten am Haus hat machen lassen, keinen Umweltschutz. Nur deswegen hat er uns noch zugesagt.« »Wird ja immer besser«, murmelte ich. Ich begann, meine Hose aufzuknöpfen. Die Luft war jetzt richtig frisch, die Sonne schien hinter den Wolken verschwunden oder schon untergegangen zu sein, ohne dass wir es bemerkt hatten.

Lotte wog die Hose in ihrer Hand. Aber statt aufzustehen und sie sich anzuziehen, schob sie sich näher an mich heran und legte sie wie eine Decke über unsere Oberschenkel. »Wann wird man so?«, fragte sie. »Wann kippt das? Die können doch nicht alle schon immer so gewesen sein.« Ich schwieg. Ich hatte einfach keine Antwort. Sie kuschelte sich an mich. »Wir machen da einfach nicht mit«, flüsterte sie und schloss die Augen. Am Hafen sprangen die ersten Straßenlaternen an.

»Was tun wir denn jetzt«, fragte Lotte. Sie sprach so leise, dass ich sie fast nicht hören konnte. Ich legte den Kopf in den Nacken und blickte nach oben. Ich wollte Vögel und Antworten aus den Wolken herauslesen. Aber der Himmel schwieg.

Später. Und später.

Es gibt diese Sommer nur in der Kindheit oder Jugend. Oder in der Erinnerung – für immer in den eigenen Gedanken geborgen. Sie verändern die Wahrnehmung. Manchmal steigen Momente aus diesen Sommern in unser Bewusstsein und versinken wieder. Sie durchbrechen die Oberfläche nicht, sie schillern in der Tiefe. Man kann sie nur ahnen: ihre Wirkung, ihr Licht. Sie beeinflussen die Fragen, die wir stellen, sie lenken noch immer den Blick. Sie bleiben lautlos wie das Zittern, das vom warmen Sommerwind auf der Meeresebene erzeugt wird. Oder vom Schlagen einer Kirchturmuhr unter Wasser.

Ich weiß nicht mehr, wann in dieser Nacht wir beschlossen abzureisen. Wir müssen in unserem Keller gesessen haben und uns einig geworden sein. Vielleicht begannen wir aber auch einfach zu packen, ganz stumm. Das kann sein, wir brauchten damals nicht viele Worte. Lotte nahm die Vogelbilder von den Wänden, den Großen Brachvogel, den Sandregenpfeifer, die Möwen, unseren Seelenvogel. Und ich schichtete meine schwarz gefärbten T-Shirts und Hosen in meinen Rucksack zurück und rollte meinen Schlafsack zusammen. Als wir sicher sein konnten, dass alle in ihren Betten waren, schlich Lotte sich nach draußen zur Bushaltestelle und las von der Tafel die Abfahrtszeit des Frühbusses ab, der uns wegbringen würde von hier.

Später, viel später habe ich über Zugunruhe gelesen. Darüber, dass Vögel in Gefangenschaft rastlos werden, wenn ihre Artgenossen auf den Weg in den Süden aufbrechen. Sie springen dann in ihren Käfigen hin und her, diese eingesperrten Vögel. Sie recken ihre Schnäbel durch die Gitterstäbe, sie singen kaum und schlafen nicht. Manchmal denke ich, dass es das war, was uns wirklich gehen ließ: Wir wurden zugunruhig.

Ich kann in dieser letzten Nacht auf der Station nicht geschlafen haben. Ich erinnere mich, dass ich vollständig angezogen, die Ellbogen auf die Knie gestützt, im Dunkeln auf meiner Liege saß und den Umriss des Kellerfensters betrachtete, der sich an der Wand abzeichnete. Eine Nachtigall sang, aber seit ich wusste, dass sie damit ihr Revier abgrenzte, fand ich das nicht mehr schön. Irgendwann, als es draußen noch finster war, stand ich auf. Ich bewegte mich lautlos, ich vermaß das Haus. Ich wollte mir alles noch einmal einprägen: die Küche, den abschüssigen Flur. Die verschlossene Schlafzimmertür von Hiller und Sebald, mit dem ruhigen Atmen und Schnarchen dahinter. Die halbhohen Zwischenstufen, die die Vogelstation so merkwürdig verschachtelt wirken ließen. Den Ausstellungsraum, den Blick auf den nächtlichen Parkplatz. Ich stand neben dem Fernrohrstativ, ich strich mit den Fingerspitzen über die eingestaubten Muscheln und Seesterne auf der sandigen Auslagefläche und blickte hinaus. Der Parkplatz wirkte geschmolzen, eine gegossene Fläche aus noch nicht wieder verhärtetem Pech. Fast wunderte ich mich, dass die Schemen der wenigen geparkten Autos nicht in dem Schwarz einsanken. Ein paar von ihnen waren

sicher schon im Asphalt ertrunken, dachte ich, so leer sah
der Platz aus. Es dauerte eine Weile, bis ich begriff, dass der
Bungeekran verschwunden war. Sie mussten ihn abgebaut
oder versenkt oder einfach weggefahren haben, gleich nachdem ich in der Abendsonne an ihm vorübergelaufen war
und gefürchtet hatte, ich könnte einbrechen. Dort, wo er
sich in die Höhe gereckt hatte, gähnte mir der Nachthimmel entgegen.

Vor Julians Zimmer zögerte ich kurz. Ich hatte die kleine
Kammer hinter dem Ausstellungsraum nie betreten. Ich war
mir auch nicht sicher, ob Melanie jetzt darin schlief. Aber als
ich an der Tür lauschte, konnte ich nichts hören.

Das Scharnier quietschte leise, als ich die Tür öffnete. Ich
stieg eine Stufe hinunter und knipste das Licht an. Die roh
verputzten Wände wirkten verformt, irgendwie verbogen. Es
gab keine Fenster, nur eine längliche Luke hoch oben, knapp
unter der Decke. Eine Matratze lag auf dem gescheckten
Linoleumboden, ein Turm aus Büchern und Zeitschriften
stapelte sich daneben. Als ich mich gerade schon abwenden
wollte, bemerkte ich an der hinteren Wand noch eine Tür.
Verwundert trat ich näher. Die Treppe dahinter hatte ich vorher nie gesehen. Die schmalen, geschwungenen Holzstufen
wendelten sich vor mir hinauf in den ersten Stock. Das Licht
aus Julians Kammer fiel auf die Trittflächen und fing sich
in den unebenen Senkungen des alten, abgewetzten Holzes.
Der Professor hatte eine rote Museums-Kordel auf Höhe der
fünften Stufe angebracht. *Privat* stand auf einem Schild, das
an einer goldenen Schnur von der Kordel herabbaumelte. Ich
versuchte, mir vorzustellen, wie er jeden Tag mit Fräulein

Schmidt diese Treppe hinabstieg. Wie er fein säuberlich die Kordel aus ihrer Verankerung nahm. Ich fragte mich, ob er dem Fräulein den Vortritt ließ. Wann das mit ihr begonnen hatte. Und ob er vielleicht die ganze Station nur ins Leben gerufen hatte, um ihr nahe sein zu können.

Knapp vor der metallenen Halterung entdeckte ich eine Ablage, die mit der Wand verschraubt war. Das Mauerwerk machte an dieser Stelle einen leichten Bogen und das eckige Holzbrett wirkte lose und unsymmetrisch. Aber der Stift, der darauflag, rollte nicht herunter. Er lag ganz akkurat neben einem Stapel Briefe. Von denen der oberste meinen Namen trug.

Die Schrift meiner Mutter erkannte ich sofort. Hektisch riss ich das Kuvert auf und zerrte zwei Blätter heraus. *Panda, du wirst wissen, was du tust,* stand in kleinen, nach rechts kippenden Buchstaben auf der ersten Seite, *In Liebe Mama.* Und auf der zweiten: *Hiermit bestätige ich, dass meine Tochter, wenn sie es wünscht, den Sprung mit dem Bungeeseil tätigen darf.*

Ich setzte mich auf die unterste Stufe. Ich hielt den Brief so fest in der Hand, dass er unter meinem Griff zerknitterte. Am liebsten wäre ich die Treppe hochgerannt und hätte den Professor aus dem Schlaf gebrüllt. Aber er hatte den Brief ja nicht unterschlagen. Er hatte ihn nur an einen Ort gelegt, von dem ich nichts wusste. Und wenn ich ehrlich war: Wahrscheinlich wäre ich sowieso nicht gesprungen. Ich wäre aufwärtsgefahren, auf dieser hydraulischen Plattform, dem Himmel entgegen. Ich hätte die Insel von oben gesehen, ihre schmale, langgezogene Form. Vielleicht hätte ich hinunter zur Station gewunken, wo Lotte hinter der Fensterscheibe am Fernglas gestanden wäre. Und während der Instrukteur hinter mir begonnen hätte, seinen Countdown zu zählen, hätte ich tief den Geruch von Algen und Salz und Schiffsmotorenöl eingeatmet und meine Arme ausgebreitet. Aber gesprungen wäre ich nicht.

Mit einem schnellen Griff angelte ich mir den Stift von der Ablage. Es war ein blauer Folienstift, wie sie unsere Lehrer in der Schule für Overheadprojektoren benutzten. Die Spitze war, als ich die Kappe abzog, schon etwas ausgefranst, aber der Stift schrieb.

Ich tauchte unter der Abgrenzung hindurch. An der neunten Stufe setzte ich den Stift an, da, wo die Biegung am deutlichsten war, in der Mitte zwischen Stufenkante und Winkelknick. Ich kniff die Augen zusammen und prüfte noch einmal die Stelle. Ich war sicher. Das musste die Lauflinie des Professors sein, über sie musste er täglich hinweg.

1989, schrieb ich. Ich schrieb es ganz klein. Ich wollte, dass meine Schrift von oben zuerst aussehen würde wie ein Fleck. Ich wollte, dass er es nicht gleich bemerken würde. Und dass er es dann, nachdem er es entziffert hatte, nicht mehr vergessen konnte, selbst wenn es ihm gelang, das Geschriebene zu entfernen. *Panda was here.*

Wir verabschiedeten uns nicht, wir erklärten uns keinem. Als es Zeit war, weckte ich Lotte. Wir schalteten das Licht nicht an. Stumm setzten wir unsere Rucksäcke auf. Bevor wir gingen, legten wir die beiden Tafeln Luftschokolade auf die Ablage neben dem Aufgang. Lotte hatte ihre auch nicht angebrochen. »Als würden wir uns kaufen lassen«, flüsterte sie. Julians Zimmer würdigte sie, als wir uns hindurchschlichen, keines Blickes. Sie sagte nichts, aber ich war mir sicher, dass sie es kannte.

Die Haustür lag schwer in meiner Hand, als ich sie aufzog. Ein Schwall aus Nachtluft schlug uns entgegen, es war kühl. Als wir die Steinstufen abwärtsstiegen, sprang der Bewegungsmelder an und wir zuckten zusammen.

Es war noch nicht wirklich hell, über uns surrten die Straßenlaternen. Ich konnte das Haus hinter uns spüren, aber ich drehte mich nicht um. Ich trat mit meinen Docs fest auf dem Boden auf, ich wollte es mir merken: dieses Gefühl des Weggehens. Ich hatte es mir triumphierend vorgestellt, aber wenn ich ehrlich war, war ich nur müde.

Wir waren schon auf der Straße, als ich hinter uns jemanden rufen hörte. Hiller stand in der aufgerissenen Tür der Station. Seine nackten Füße steckten in karierten Pantoffeln und er trug einen grauen Bademantel über einem dunkelblauen Schlafanzug. Die Haare standen ihm vom Kopf ab, seine Arme hingen neben seinem langen Körper. Er sah ungläubig aus. »Sie gehen«, hörte ich ihn sagen. Er fragte nicht, er stellte es fest. Auf einmal schämte ich mich ganz furchtbar.

Ich warf meinen Rucksack neben Lotte auf der Straße ab und rannte zurück zu ihm. »Ich wollte Sie nicht wecken«, rief ich ihm entgegen und sprang die Stufen zu dem Haus hinauf, das ich gerade für immer verlassen zu haben geglaubt hatte. Er lächelte mir entgegen, aber er sah traurig aus. »*Sie entflieht und fällt*«, sagte er. Ich runzelte die Stirn. »Die irrsinnige Frau«, sagte ich dann. »Sie schulden mir noch einen

Autor«, sagte er. Ich biss mir auf die Lippe. »Ja«, stammelte ich, »das weiß ich, doch ich…« Er hob beschwichtigend seine Hand. »Wenn Sie herausfinden, wer es ist, egal wann, schreiben Sie mir. Schreiben Sie mir hierher. Wir kommen immer zurück, Sebald und ich.«

Ich nickte und sah ihn an, das Lächeln in seinen Augen. Die Wärme, die er ausstrahlte. Auf einmal wünschte ich mir, ich wäre so alt wie er. Ich hätte bei ihm bleiben wollen, für immer. Ich warf mich an seine Brust, ich schlang meine Arme um seinen hoch aufgeschossenen Körper und atmete seinen vertrauten Geruch nach Tabak und Aftershave. »Danke, dass Sie mir beigebracht haben, wie man den Himmel liest«, flüsterte ich. Wir standen ganz still.

Er strich mir über das Haar. »Sie sollten nicht nur lesen«, sagte er leise. »Sie sollten auch schreiben. Glauben Sie einem alten Geschichtenerzähler: Schreiben Sie. Sie können das, Sie sind dafür stark genug.« Erstaunt löste ich mich und sah zu ihm auf. »Worüber denn?«, fragte ich. Er antwortete nicht, aber sein Blick glitt über die Außenmauer der Station, über den Garten hinweg bis weit hinaus auf das Meer.

Wenn ich die Augen schließe, bin ich sofort wieder dort. Ich kann in diesen Sommer immer zurück, er bleibt bei mir. Die Erinnerung ist kaum verblasst, zumindest bilde ich mir das ein. Der Geruch des sonnenwarmen Asphalts auf dem Deich. Das glitschige Gefühl des Watts zwischen den Zehen. Das Meer, das Meer. Und natürlich: die Vögel.

Noch heute zähle ich sie. Es geschieht automatisch, ich denke darüber nicht nach. Sobald ich eine Vogelwolke am

Himmel entdecke, beginne ich, sie zu lesen. Es ist dann egal, wo ich mich befinde. Wenn in der Herbstdämmerung hoch über den glänzenden Dächern der Stadt die Zugvögel erscheinen, kann ich den Blick nicht mehr senken. Ich verfolge ihre Flugkurven und beginne meine Schätzung. Ich bin schnell und erstaunlich treffsicher. Wann das begonnen hat, hat mich mein Mann einmal kopfschüttelnd gefragt. Ich habe gelacht. Geantwortet habe ich nicht.

In den Jahren danach fuhr ich oft an die Nordsee. Ich liebe Amrum, dort zieht es mich immer wieder hin. Zu der Weite dort, auf den endlosen Kniepsand, der sich wie ein Wüstenband an die Dünen schmiegt, in den Wind. Ich kann stundenlang die Margeriten und Lupinen in den kleinen Gärten betrachten, die Heckenrosenbüsche, die über die Zäune quellen. Die Felder, auf denen im Frühling Hunderte von Ringelgänsen rasten. Die Strandübergänge, die sich so brachial zum Horizont öffnen.

Ich könnte von dort aus auf die Nachbarinsel fahren, jederzeit. Aber ich tue es nie. Ich habe da einen Verdacht. Dass es unsere Insel, so wie ich sie erinnere, gar nicht mehr gibt. Denn Sylt war es nicht, Sylt kann es nicht gewesen sein. Wir hätten dann mit dem Zug ankommen müssen, nicht mit der Fähre. Wir wären über den Hindenburgdamm gefahren, der das Festland mit der Insel verbindet. Und es hätte nicht so viele Brutvögel dort geben können, denn über den Hindenburgdamm marschieren die Füchse. Im Dunkeln beißen sie den nachtblinden Bodenbrütern die Köpfe ab, sie bringen die Möwen dazu, auf den Dächern zu nisten.

So war es nicht.

Vielleicht gibt es diese Insel so nur in unserer Erinnerung, nur in diesem einen vergangenen Sommer. Sie hat sich durch ihn verformt und strahlt in seinem besonderen Licht. Sie bleibt mein Rungholt, meine eigene versunkene Stadt.

Und doch gingen meine Mutter und ich im letzten Jahr wieder die Straße zur Station entlang. Wir liefen langsam, wir betrachteten jedes einzelne Gebäude. Ich konnte das Haus nicht finden.

Dort, wo es hätte sein müssen, gab es ein Hotel, einen Bootsverleih, eine Surfschule, die sich nahtlos aneinanderreihten. Ein einziges Privathaus stand noch da, aber es hatte eine riesige Garage mit breiter Auffahrt und sah ganz anders aus. Auf dem ehemaligen Parkplatz zog sich ein futuristischer Design-Bau in die Höhe, Kinderrufe hallten aus den geöffneten Fenstern, grelle Plakate warben für Wellenhüpfen im Spaßbad, Fahrräder parkten neben bunt bemalten Bollerwagen.

Ich drehte mich im Kreis. »Ich verstehe das nicht«, sagte ich immer wieder.

»Vielleicht haben sie eine zweite Reihe vor die erste gesetzt?«, schlug meine Mutter vor.

Wir liefen zurück und ich sah mir noch einmal die Ferienhäuser auf der anderen Straßenseite an, ganz genau. Blühende Hollunderdolden baumelten über die Zäune, in den Fenstern hingen geraffte Gardinen, Satellitenschüsseln zogen sich wie Seerosen über die Dächer und den Trennwänden der einzelnen Wohnungsparzellen rankte sich der Efeu. Es blieb dabei. Ich erkannte nichts wieder.

»Ist eben doch ein Vierteljahrhundert her«, sagte meine Mutter und legte ihren Arm um mich. »Stimmt!«, rief ich. »Oh Gott, bin ich alt.« »Was soll ich denn da sagen«, lachte meine Mutter, die noch immer so unglaublich jung aussah. »Komm, wir machen trotzdem ein Foto für deinen Bruder und deinen Vater.«

Ich zückte mein Smartphone, verzog aber das Gesicht.

»Wer zu faul zum Mitkommen ist, hat das eigentlich nicht verdient«, grummelte ich.

Als es zu nieseln begann, holten wir uns zwei Pötte Tee im Café des Spaßbades. Die Bedienung war jung, zu jung, um die Vogelstation noch gekannt zu haben.

»Hier haben wir Milch, Zucker, Zitrone, alles, was Ihr Herz begehrt«, sagte sie und schnippte den Deckel von der Zuckerdose.

Meine Mutter zwinkerte ihr zu: »Alles? Dann hätten wir gern noch einen Traumprinzen und ein Schloss.«

Die Bedienung lachte und deutete hinaus auf den Deich: »Gerne doch. Einfach raus und links.«

Auf der überdachten Terrasse sanken meine Mutter und ich in einen Strandkorb. Es roch nach Currywurst und Pommes frites, am Tisch neben uns saß eine dickliche Dame glücklich vor einem riesigen Becher Erdbeeren mit Vanilleeis. Ich konnte noch immer nicht glauben, dass ich nichts wiedererkannte. Selbst das Meer vor uns sah fremd aus, irgendwie fahl. Eine merkwürdige Stille lag über dem Wasser.

Ein paar Surfschüler dümpelten weiter draußen auf ihren Brettern herum. Sie lagen mit den Oberkörpern auf ihren

Boards, ihre Neoprenanzüge schienen sie steif zu machen, sie bewegten sich kaum. Am Himmel war kein einziger Seevogel.

»Ich muss Lotte anrufen«, sagte ich. »Die glaubt mir nie, wo wir gerade sind.«

Meine Mutter runzelte die Stirn. »Wie spät ist es denn in Madagaskar? Hat sie da überhaupt Empfang?«

»Sie haben die Solar-Kioske in den Bergdörfern fertig«, wog ich ab. »Dann müsste sie jetzt wieder im Hauptquartier sein. Bin gleich zurück.« Ich zog mir die Kapuze meiner Windjacke über den Kopf und stand auf.

Ein Weg führte von der Terrasse ab, hinauf auf den Deich. Ich lief ein paar Schritte in die Richtung, in die die Bedienung gezeigt hatte. Nicht einmal den Deichverlauf erkannte ich wieder, dabei schien er schon älter zu sein. Butterblumen und Klee blühten in seinen Rissen, der Sprühregen perlte von ihren saftigen Blättern. Ich stellte mich am Anfang des Wegs an einen erhöht gelegenen, halb verrotteten Zaun, der mit Bündeln aus Weidenzweigen und Reisig durchwoben war. Lottes Mailbox sprang an.

»Ist dir mal aufgefallen, dass die Lachmöwe im Lateinischen *Larus ridibundus* heißt«, begann ich und spielte dabei mit den nassen Zweigen eines Haselnussbaums, die von der anderen Zaunseite herüberhingen. »Das bedeutet, dass sie doch die Lachende …« Ich stockte.

Ich drückte den Vorhang aus tropfenden Zweigen noch ein wenig auseinander und da sah ich es. Das Haus stand erhöht, aber es duckte sich trotzdem tief in den überwucherten Garten hinein. Es sah störrisch aus und ziemlich missmutig.

Es war eingepfercht zwischen dem hohen, glatten Bau des Spaßbads und dem Hotel. Ich verstand nicht, warum es von der Straße aus nicht zu sehen gewesen war.

Ich legte auf und steckte das Telefon in meine Hosentasche. Mit beiden Händen griff ich nach dem Zaun und zog mich auf den kleinen Erdwall hinauf. Ich konnte jetzt fast das ganze obere Stockwerk sehen. Es gab keinen Zweifel: Es war die Station. Das Haus selbst war nicht überwuchert, es wirkte gepflegt. Die Scheiben waren frisch geputzt und eines der Fenster war weit geöffnet. Jemand wohnte dort.

So schnell ich konnte lief ich zurück zur Terrasse. Ein älterer Herr mit blauer Marinemütze saß bei meiner Mutter am Tisch. »Das ist meine Tochter«, sagte meine Mutter. »Sie schreibt Bücher. Und das ist einer der Ureinwohner hier, Herr…« »Piet«, brummte der Mann und sah zu mir auf. Seine Augen waren leicht wässrig. Meine Mutter lächelte mir zu: »Er kannte den Professor.«

»Wirklich«, rief ich. »Wissen Sie, wie es ihm geht?« Piet wog den Kopf. »Ist gestorben«, sagte er, »vor längerem schon.« Stumm setzte ich mich neben meine Mutter. »Und die Station?«, fragte ich schließlich. Jetzt sah er wütend aus. »Verkauft worden. Eine Schande. Der Koog, die Station. Ein ganzes Lebenswerk zerstört.« Er schlug mit seiner Hand auf die Tischplatte. »Er hat unschätzbare Arbeit geleistet«, sagte er. »Für die Natur, die Vögel. Der Mann war seiner Zeit weit voraus.« Meine Mutter nickte. »Ich habe unlängst einen Artikel über diesen Schlaf bei Zugvögeln gelesen, über den du immer gerätselt hast«, sagte sie zu mir. »Es gibt da neue Studien.«

Piet stand mühsam auf. Sein Blick schweifte in die Ferne und ich wusste, dass er in Richtung des Hauses sah. Er nahm seine Mütze ab und senkte ein wenig den Kopf. »Er hat tolle Arbeit geleistet«, murmelte er noch einmal.

Ich drehte mich um und folgte seinem Blick. Ich dachte an all die Vorsätze, die ich in meinem Leben schon gefasst und wieder vergessen hatte. Die Briefe, die ich nie geschrieben hatte. Die Menschen, die mir verloren gegangen waren. Daran, wie viel Kraft es manchmal kostet, sich treu zu bleiben. Auch wenn man das, wenn man jung ist, noch nicht weiß.

»Ja«, sagte ich leise, »ja, das hat er.«

Lotte und ich hätten die Station von der Fähre aus sehen können, als wir fuhren. Aber wahrscheinlich hielt ich die Augen geschlossen, als das Schiff ablegte. Oder ich stand an Deck und starrte auf den Boden. Ich kann mich an keinen letzten Blick erinnern, nicht daran, dass sich die Insel langsam in der Ferne verlor. Ich weiß noch, dass Lotte mir, kurz bevor wir an Bord gingen, die Hand auf die Schulter legte. »Vielleicht sollten wir doch ...«, begann sie. Aber ich schüttelte den Kopf. »Nein«, sagte ich und war selbst überrascht davon, wie fest meine Stimme war. »Ich will nach Hause.«

Wir waren schon auf dem offenen Meer, als ich die Blätter in meiner Jackentasche fand. Ich bückte mich am Gepäckregal im Schiffsbauch zu meinem Rucksack, als ich das Knistern hörte. Es waren vier Seiten, die Hiller eng beschrieben hatte. Ich sah die Sätze sofort, ich erfasste die ganze Seite. *Sylter Novelle*, stand ganz oben auf dem ersten Blatt. Und darunter: *Von Theodor Storm.* Mit den Fingerspitzen fuhr ich über Hillers Schrift, die eckigen Buchstaben, die Linien aus Füllertinte. Ich faltete die Blätter vorsichtig zusammen und presste sie einen Moment lang an mein Herz. Dann trat ich an Deck.

Still stellte ich mich neben Lotte an die Reling und hielt mein Gesicht in den Wind. Die Sonne war inzwischen aufgegangen, das Meer glänzte grün, so grün, wie ich es noch nie gesehen hatte. Ich stellte mir so das Strahlen eines Smaragds vor, oder, wenn es ihn gäbe: eines grünen Bernsteins.

Lotte sah mich von der Seite an. »Dein Papa ...«, sagte sie. Sie holte Luft: »Weißt du was: Wenn wir jetzt einen Seelenvogel sehen, wird alles gut.« Ich lächelte. »Der ist aber äußerst menschenscheu«, wandte ich ein. Sie nickte bedächtig. »Aber der Plobbomon will, dass wir wiederkommen. Der lässt uns nicht einfach so abfahren.«

Wir lehnten uns beide vor und blickten hinaus auf die Wellen. Ein paar Sturmmöwen ließen sich mit uns treiben, sie glitten dicht über unsere Köpfe hinweg und segelten in weitem Bogen um den Dampf spuckenden Schiffsschlot herum. »Siehst du das?«, rief Lotte plötzlich und deutete zum Horizont.

Er flog weit hinten über dem grün leuchtenden Meer. Ich kniff die Augen zusammen und sah ganz genau hin. Selbst aus dieser Entfernung konnte ich sein bunt schillerndes Gefieder erkennen. Mit wild flatternden Flügeln purzelte er am Himmel herum. Jetzt stieg er ein wenig auf, er jubilierte und sauste dann in einer Loopingspirale in Richtung der Insel da-

von. Wir hielten uns an den Händen und lachten ihm nach.
Der Wind trug sein fröhliches Trillern zu uns herüber und
ich weiß noch: Sein Gruß war hell.

Inhalt

Das Meer, das Meer

7

Hühnergötter, Engelsflügel und
ein Turm, ein Babelturm

27

So viele Dinge

47

In den Himmel geschrieben

73

Querströmungen

101

Vom Fliegen im Schlaf

123

Ein Garten aus Luft

154

Später. Und später.

173

Die Handlung und alle handelnden Personen dieses Buches sind frei erfunden. Jegliche Ähnlichkeit mit lebenden oder realen Personen wäre rein zufällig.

Die Original-Zitate aus Theodor Storms *Sylter Novelle* entstammen der Version des Projekts Gutenberg-DE, das Songzitat gehört zu *A God in an Alcove* von Bauhaus. Der Textausschnitt zu *This Corrosion* von The Sisters of Mercy wurde bewusst falsch wiedergegeben.